青春的荣耀·90后先锋作家二十佳作品精选

高长梅　尹利华◎主编

那季落花
不悲戚

赵伟 著

九州出版社
JIUZHOUPRESS　全国百佳图书出版单位

图书在版编目（CIP）数据

那季落花不悲戚 / 赵伟著. -- 北京：九州出版社，2013.5
（2021.7 重印）

（青春的荣耀：90后先锋作家二十佳作品精选 / 高长梅，
尹利华主编）

ISBN 978-7-5108-2141-7

Ⅰ.①那… Ⅱ.①赵… Ⅲ.①中国文学 - 当代文学 -
作品综合集 Ⅳ.①I217.2

中国版本图书馆CIP数据核字（2013）第113809号

那季落花不悲戚

作　　者　赵　伟　著
出版发行　九州出版社
地　　址　北京市西城区阜外大街甲35号（100037）
发行电话　（010）68992190/2/3/5/6
网　　址　www.jiuzhoupress.com
电子信箱　jiuzhou@jiuzhoupress.com
印　　刷　北京一鑫印务有限责任公司
开　　本　720毫米×1000毫米　16开
印　　张　10
字　　数　130千字
版　　次　2013年6月第1版
印　　次　2021年7月第15次印刷
书　　号　ISBN 978-7-5108-2141-7
定　　价　38.00元

小荷已露尖尖角（代序）

高长梅

长江后浪推前浪，是自然规律，也是文学发展的期待。

80后作家曾风光无限——韩寒、郭敬明、张悦然等大批80后作家已成为中国当代文学的生力军，他们全新的写作方式、独特的语言叙述，受到了青少年读者的追捧。

几年前，随着90后一代的成长，他们在文学上的探索也逐渐进入人们的视野。

2006年，《新课程报·语文导刊》（校园作家版）创办时，我在学校调研，中学生纷纷表示，希望报社多关注90后作者，多培养90后作家。那年年底，我在南昌参加中国小说学会小小说年度排行榜评选时，与学会领导和专家聊起90后作者的事，副会长兼秘书长汤吉夫教授对我说：看现在的小说创作，80后势头很猛，起点也高，正成为我国小说创作的生力军，越来越受到文学评论界的重视。你有阵地，就要多给现在的90后机会，文学的天下必定是属于新一代的。副会长、著名散文家、文学评论家雷达博导，副会长、著名文学评论家李星编审都高兴地表示，今后会逐渐关注这些90后的孩子，还表示可以为他们写评论。2007年年底，中国小说学会在报社召开中国小小说年度排行榜评选会议，几位领导还专门询问90后作者的创作情况。

2009年，著名作家、茅盾文学奖获得者、解放军总后勤部创作室主任周大新到报社指导，听到我们介绍报社非常重视90后作者的培养，而90后作者也正展现他们的文学天分，报社准备出版一套90后作者的作品选时，周主任静下心来仔细翻阅那套书的部分选文，一边看一边赞不绝口，并表示有什么需要他做的他一定尽力。周主任的赞赏让我们备受鼓舞，专门在报上开设了《90先锋》栏目。这个栏目一推出，就受到90后作者、读者的欢迎。

2010年，著名报告文学作家、学者，中国图书奖、五个一工程奖、鲁迅文学奖获得者王宏甲到报社指导，见到报社出版的《青春的记忆·90后校园文学精选》及报上的《90先锋》专栏文章，大为赞赏，并称他们将前程无量。之后不久，我们决定出版《青春的华章·90 后校园作家作品精选》。这套书收入 18 个活跃的 90 后作者的个人专集，也是 90 后第一次盛大亮相。曹文轩、雷达等为高璨作序，著名文学评论家李少君、张立群为原筱菲作序，著名评论家胡平为王立衡作序。此外，还有一大批中国作家协会会员如刘建超、蔡楠、宗利华、唐朝晖、陈力娇、陈永林、邢庆杰、袁炳发、唐哲（亦农）、孟翔勇、倪树根、李迎兵、杨克等都热情地为 90 后作者作序推荐。他们在序中都高度评价了这些 90 后作者的创作热情、创作成绩。当然也客观地指出了一些值得注意的问题。

90 后作者的成长也引起了文学界的重视，他们当中不少人都加入了省级作家协会，尤其是天津的张牧笛还于 2010 年加入了中国作家协会。他们以自己的灵气、勤奋，正逐渐走向中国文学的前台。

张牧笛、张悉妮、原筱菲、高璨、苏笑嫣、王立衡、李军洋、孟祥宁、厉嘉威、李唐、楼屹、张元、林卓宇、韩雨、辛晓阳、潘云贵、王黎冰、李泽凯等无疑是这一代的代表。这其中我特别欣赏原筱菲。她不仅诗歌、散文等写得棒，美术作品别有特色，摄影作品清新可人。在报刊发表文学作品、美术作品、摄影作品 2700 多篇（首、件）。还有苏笑嫣。不仅诗歌写得好，小说也受评论家的好评。尤为可贵的是，她完全依靠自己的能力行走文学，却不去借助自己父母的关系走丁点捷径。还有张元。一个西北小子，完全凭自己对文学的执着，硬是趟出自己未来的文学之路。还有韩雨。学科公主，加上文学特长，使得她如鱼得水。

著名文学评论家白烨曾发表文章将 40 岁以下的青年作家群体细分为"70 年代人"、"80 后"和"90 后"。他评价，90 后尚处于文学爱好者的习作阶段。从创作来看，青年作家普遍对重大历史事件有所忽视，对重要的社会问题明显疏离，这使他们的作品在具有生活底气的同时，缺少精神上的大气。不过，在他看来，这些年刚刚崭露头角的 90 后有着不输于 80 后的巨大潜力。（转引自《南国都市报》2012 年 9 月 18 日）

但不管怎样，成长是他们的方向，成长是他们的必然结果。

这次选编这套书，就意在为 90 后作家的茁壮成长播撒阳光，集中展示 90 后作家的创作实力。我们相信，只要 90 后的小作家们能沉下心来，不断丰富自己的阅读以及丰富自己的社会积累，努力提升自己写作的内涵，未来的文学世界必然会有他们矫健的身影和丰硕的成果。

我们期待着，读者也期待着！

第一辑

橘灯湾，月满满

第二辑

那季落花不悲戚

目录
CONTENTS

第三辑

天使在隔壁

橘灯湾，月满满

橘灯湾，月满满

想起了外婆，就想起了橘灯湾。

这月光轻轻地流泻，发丝间、手掌中、眸子里，一如当年的静谧，流动的光纤里没有灰色，柔软得触不到边，蓊蓊郁郁的纸质里，浸着薰衣草的香，让人舍不得呼吸，生怕搅了微风中月光的清梦。

我当初不解橘灯湾的来由，一座北方的小镇，何以能有温柔水乡的恬淡称呼。站在中国版图的北端，想想都使人哆嗦，但是它就这样编织起了我的梦，一分一秒，让我的思绪闯入那片境地，不能自拔。

橘灯湾，并不产橘，但是灯火却是幽蓝花田里的丰硕景致。站在软得滑脱指缝的春风里，听外婆的呼唤声，每每这时，便会有花香和饭香窃窃私语。吃饭的时候，外婆会给我舀上一大勺，鸟雀们有些惊羡，便驻足卖艺，但童稚的年月，又怎能懂得这是一种微妙，一种美好！伸手一呼，鸟雀飞了，碗也掉了，我傻傻地看着白花花一地的大米饭让蚂蚁抢疯了头。

外婆是慈爱的，她不会因为一碗米饭就责备故作无辜的我。童年的我是幸运的,上树掏鸟蛋,掉下来,赶忙把手指触在鼻尖,呀,还有呼吸。再一看,原来是稳稳当当地落在了外婆有力的臂弯。外婆会捏我的鼻子,看我像小花猫一样地挠她、咬她,但是我越用劲她越笑得欢,让人感觉她的微笑里蕴藏着整个橘灯湾的风花雪月。

喜欢橘灯湾的夏季,山坡绿得一碧万顷。只是绿,但不娇艳,不会让人感觉心里麻痒,带着风筝跑过,也不会留下倒伏的痕迹,倒是蒲公英有些洒脱,只是微风中的一个玩笑,它也要挎上行包,离家出走。小时候,不愿做碧空下乱窜的蒲公英,太娇弱,不够气概。

田埂上,外婆会赶着农闲给我挖天牛,拇指大小的飞虫,带着黑色的角触,磨磨屁股,跑得很欢。外婆一脸阳光,看,怎么样,像你吧,不听话,只得动粗。说是这样说,在我搞怪的日子里,也没见过外婆抱起我来在石头上摩擦屁股,有朝一日我倒是幻想着天牛的苦痛,但是想不来,外婆不会把这样的希望寄托于我。

农忙时,橘灯湾的万家灯火便长久地点缀于一片幽蓝的夜空下。萤火虫们停在上空,忽高忽低,挑逗得卵石姑娘羞红了脸,青蛙大叔吃醋的时候,就呱呱地咒骂,骂累了,"扑通"一声躲进水里,受了气也就再不出来了。

听着拉谷子的牛马车曳上山坡,家家户户的老黄狗抢着乐,大大的院子,堆满秸秆,秋风中飒飒作响,颇是一番参差的韵律。第二天,从晨曦中睁开眼,再一看,远处的屋顶一片金灿,近处的房梁一串嫣红,麻雀们来劲了,非要吵个不罢休,吵来吵去,也没有辨出到底是谁先发现了这丰盈的谷仓。外婆伸手一呼哧,鸡和鸭来了,大白鹅老是贪吃,走路摇摇摆摆,等它晃悠过来,眼睁睁地看着干净的地面,傻得不知东西南北。小猫咪在晨光里洗了脸,看看茫然的大白鹅,打一个响喵就躲去睡觉了。

外婆会用稻草人编织小动物,栩栩如生,有一个涂了口红的"王二小",我保存至今。外婆说,王二小是少年英雄,我这么大时,已经很懂事了。我一撇嘴,等着瞧,我要比他厉害。现在一想,都会忍俊不禁,我在和平的年代里,静享着橘灯湾平静的月光,又何以觊觎英雄的光芒。只是,外婆让我懂了,无论什么时候,家乡的水最甜,家乡的月最圆,家乡的呼唤最久远……

白雪皑皑的冬天,我的足迹遍布整个村镇。打雪仗的名单里,我从来都是战绩显赫。在鲁迅先生的笔下,闰土是个心灵手巧的伙伴,雪地里捕鸟,一逮一个正着,但是我的本领也不比他差,有一次竟然把外婆养的下蛋的母鸡扣在竹篮下了,外婆生气了,罚我不给我饭吃,谁知我早已和邻家的几个孩子偷出地瓜烤得烂熟了。

寒风呼啸的时候,橘灯湾的天仍旧像水里浣洗过的蓝。站在结了冰霜的桥头上,傻看着一柱擎天的炊烟,看着看着,神思就跑远了。外婆就是走在一个冰冻的日子里,那晚的月光有些暗淡,但终究是满满的一轮。

现在我怎么也不会怀疑橘灯湾这个熟悉的记忆了,它浸泡了我太多的梦。忧郁、欢喜、茫然、快乐……我都不舍得拿出来细细整理,有些细微的记忆,一想就破了,幻灭了,眼泪就哗哗地来,但我爱那个梦,爱梦里的每一缕微风。

橘灯湾,月满满,朦胧里升腾起了外婆的呼唤。

…………

仓央嘉措：半世诗帝万世情

仰望西藏的夜空，总会感觉千万繁星中点缀着一颗灵光剔透的眼睛，花开一陌，这颗遥远于云端的明珠散发着滋润万物的光泽。冥冥梵音中，似乎总带有一丝哀怨，这也是后人对先辈的崇高缅怀。

藏历第十一绕迥水猪年，也就是 1683 年 3 月 1 日，那一天，西藏墨脱的天空中出现了神话中哪吒再生的一幕，袅袅佛光，千万莲花托起七道光柱。鹤立云端，祥鸣万里，伴着七日同升，一位孩童降生了。

也许是命运的玩笑，他一生下来就被注定是转世活佛，就注定要成为西藏的象征和灵魂。洛桑仁钦·仓央嘉措，这是一个具有"无尽"之意的名字，藏语的语义为"大海"，海，一个博大宽宏而又深沉幽远的意象，然而他的身份也完美地体现了这个意象。一降生就被认定为五世达赖转世活佛的他，从出生的那刻起就注定是受万人朝拜的六世达赖。

作为佛，他的一生充满叛逆与传奇。从小习读佛法，他的悟性超乎常人，但这并不能说明他是一个潜心修佛的活佛。也就是十四岁那年，天空幽蓝，风轻云淡，机灵的云雀上下翻飞。山南错那总是缠绵的情歌缭绕云端。年少的仓央嘉措一度迷恋歌颂爱情的诗歌，问世界情为何物，

为何总让人魂牵梦萦。苦思冥想间,他生命中的第一个女子,也就是牵绊他一生的梦中女孩走进了他的世界。

纤纤作细步,精妙世无双。从此他的幸福开始了,忧伤也相伴而来。短短的一面之缘,一场邂逅,他已将这个名叫玛吉阿米的女孩深深地嵌入灵魂。苯日神山巍峨庄严,神树上的风马猎猎,然而从此在一条条飘扬的风马中,却出现了倾城爱恋的诗歌。

坐禅经阁中,靡靡梵音再也进驻不了他的灵魂,脑海中,她的音容笑貌,她的慧眼乌丝,她的皓齿朱唇……无不萦绕在自己的脑海中。漫漫思念,他闭上失神迷离的眼睛,金唇轻启:

你见　或者不见我

我就在那里

不悲不喜

你念　或者不念我

情就在那里

不来不去

你爱　或者不爱我

爱就在那里

不增不减……

然而这却只是思念的开始,生性豪爽的仓央嘉措不甘寂寞,那一年,他听了一个弟子的介绍,于是悄悄下山入了拉萨的八廓街。八廓街是条热闹的商道,这里各色各样的人物都有,他才不顾那么多呢,好不容易赶趟集,他大胆地同街上的人们纵情酒色,放声高歌,也是在这里,潇洒脱逸的仓央嘉措又一次遇到了令自己魂牵梦萦的女子——玛吉阿米。

这次相遇是福是祸?他还在忘我的回忆中,却不料被叛逆的弟子告发了拉藏汗。拉藏汗是个野心勃勃的人，为了图谋西藏的领导权，他攻击了掌教的桑杰嘉措。而桑杰嘉措正是仓央嘉措的义父与益师。捉住仓央嘉措贪玩的把柄，借口他不是真正的达赖，拉藏汗以此威胁桑杰嘉措，目的是逼他下台，并一举夺下仓央嘉措的身份，另立新的达赖，巩固自己的统治基业。拉藏汗还请了康熙出马，康熙考虑到国家安危和边界统一只好做出让步。之后，玛吉阿米也被说服离开了拉萨，高坐于布达拉宫的仓央嘉措再也忍不住万顷的思念，月光之下，他凄然悲歌，仿佛眼前，她在雪雾中袅娜翩舞，雪花铺天盖地。怆然涕下间，一切又那么恍惚。

他终究成了权力与阴谋的牺牲品，桑杰嘉措败阵于拉藏汗的刹那，也便注定了他骤然陨落的命运。寺内，众僧同仇敌忾，然而这也只是飞蛾之举，仓央嘉措没有逃脱被重兵押解的劫数。

一步步地别离布达拉宫，别离慈颜善目的师傅弟子，别离这片鸟蝶相欢的天地，他的心中没有伤悲。此时此景，唯一能掀起他情感波澜的却是远在理塘的那个女子，她的妙曼，她的倩影，为什么总是挥之不去？漫漫的长路，他跪拜于圣山的方向，心中却怅然：那一年，我磕长头匍匐在山路，不为觐见，只为贴着你的温暖。

青海湖的雪，埋藏着一颗颗忧郁的种子，一行人的脚步，触动了这个冬天忧郁的琴弦。仓央嘉措茫然地走在大雪中，蓦然觉察到自己老了。死亡，这是一支多么神圣的歌，他知道在死水的尽头，便是另一派肃静和清幽。他回眸，从未有过的从容，漫天的雪花落上了他温润热忱的唇：那云间洁白的仙鹤，请把你的双羽借我，我不远行，只到理塘就回。

他在生命的尽头，记着的只是一个女子。三百年前，人们记着一个风流达赖，三百年后，人们缅怀一个情诗王子。这穿越亘古河流的一汪清泪，成了西藏天空最璀璨的明星。

和他的出生一样，仓央嘉措的死也是个谜，历史在不断争议，他到底是为心中的魔障"情"而死，还是为权力的争夺而亡，主观与客观的评价，并不能完全还原历史的真相。但是，世纪之隔已让人们逐渐忘却了他的死，而铭记着他的生，是的，这"生"便是他遗传万世的情诗。

夜色中，仓央嘉措沉沉睡去，没有悲凉，他的歌在湖面荡漾，在高山绵长，在雪域飘荡，半世的诗帝万世的情，他只用二十四岁的生命凝聚了一朵历史的云：

> 曾虑多情损梵行
>
> 入山又恐别倾城
>
> 安得世间双全法
>
> 不负如来不负卿

如此的歌，响在西藏，也响在每个人的心上。

忘忧桂花雨

一

坐上夜车，手表的指针已经淌过十二点，我勉强地把皮箱塞进座底，然后刻意地往窗户边靠了靠。没过五分钟就感觉眼皮开始打架，随后轻轻地合上了。

清晨五点，我惬意地翻了个身，但隐隐感觉自己的手指触上了什么柔软的东西。我猛然一惊，从昏睡中醒过神来。

她正用惊讶的眼神瞧着我，一双清晰的眸子里混合着无法形容的感情。原来，我的一只手不偏不正地倚在她捧着一个木制小锦盒的怀里。我急忙向她道歉，生怕她将我的无意识举动视为故意。

她很自然地一笑："没事儿的，你工作很忙吧！"我将难以置信的目光投向她，她又嫣然一笑，流露出满脸的清纯："你打了一个晚上的呼噜，连身边坐着一个女孩都不理不顾，这样的男士好像找不出什么绅士风度吧！"

我的脸立马刷上了红晕："对，对不起，我真得很忙，实在抱歉，打搅之处还请多多谅解！"

她娇嫩的脸庞泛出栀子花一样的云霞："逗你玩儿，呵呵，不必放在心上的啦！"

这时我才发现，她有一张纯熟可亲的脸蛋，上面还嵌着一双泛着星光的清瞳，那依人的唇红齿白正不隐不约地暴露着她的年龄，大约十八九岁。我很自然地与她攀谈起来，的确是个清秀伶俐的姑娘，她的每一句话里都透露着玫瑰花一般的温馨。

从她的坦诚中我了解到，她还在上大学，今年大二，利用这段时间请假去广西办一件事，路上就一个人，不过还好，一路过来没有感到孤寂，途中的景色没有想象中的单调。听着听着我笑了，她有些紧张："我哪里说错了吗？"我急忙摆手示意："你是个可爱的姑娘，但是和一个陌生人说了这么多，你就不怕我是坏人吗？"

她把头低到我看不到眼睛的角度，似乎在沉思："不，你不是坏人，世界上曾有一个人告诉我说，坏人从来不会对着你亲切自然地笑，甚至听你诉说了这么多的故事还会听得津津有味。"

的确,这一番话开始让我产生了了解她的欲望,直觉告诉我她确实有着一般女孩不能比的睿智与深邃。

我急忙将与她一路的情况告诉了她,她显得很惊喜:"太好了,你对那里熟悉吗? 看来我今天真走运! "我着实猜不透她为什么会把对一个陌生人的信任和指望归结为走运,但内心还是很情愿地与这么阳光的女孩结为相识的旅伴。我故意点点头,生怕会打击了她那双萤光翡翠般的眼睛。

她小心翼翼地将怀里的木锦盒放在自己的腿中央,然后试图俯下身子从脚下探索点什么东西。我立即反应过来,问她是否需要帮忙。她朝我一笑,在我还没来得及弄明白她笑容里的含义时,就从座位下找出一块报纸包着的东西。她看了我一眼,然后用一只手纤细修长的拇指和食指轻轻地抽开绾着蝴蝶形状的绳结。

我眼前一亮:"桂花糕? "她点点头,从中间取出一块儿递到我面前。我急忙恭恭敬敬地接在手里,我知道以她的性格应该是不喜欢别人扭捏与拘束的。

"好吃吗? "她的眼神里充满了欢愉。我微笑着点点头,想想距离上次品尝到广西的桂花糕已经有三年之久了,但是那细腻滑爽的感觉至今让人回味不已。我轻声地问她:"是从广西买来的吗? "谁知她却黯然地低下了头:"不,不是的,这桂花产自广西,但是糕点却出自另一个地方,那是一个没有人听得懂,没有人看得见的地方。"

我忽然感到她话里的茫然无措,尽管自己对她的这句话很是不解,但是也没有问她,我想她应该和桂花糕有一段故事吧,看到她如花的年龄和似月的美貌,我的第一感还是直接地把它搭建在男女感情之事上来。我刻意地轻咳了一声,来打破这紧促的尴尬。

二

她很不自主地沉默了一会儿,然后微笑着转过头来问:"我们说到哪啦?"

我仍旧以平稳的语调向她微笑:"说到我们去广西是否可以一道游玩几天!"她高兴地拍手表示赞同。正在这时,我的手机响了,是昨晚调的闹钟。时刻是早上七点。原来在不知不觉中,我们已经交谈了两个多小时。而搭载我们的这路客车,仍旧得一昼夜的旅程,本来打算中途换乘火车,毕竟那样的速度既不会让人感到疲劳,又不会耽搁时间。但是,一想到刚刚答应了人家要一块儿前去,自己中途下车显得不讲信誉,而且又伤害了一个主动递给自己桂花糕的女孩。这样的举动无疑不甚明智。于是,我彻底地将换车的想法删除在脑海里,然后微笑着构思一种可以帮助小女孩找到她要去地方的图景和计划。

这时我注意到她侧着身子在撕扯着什么,尽管动作很轻微,但还是发出了一阵隐隐刺鼻的味道。她可能意识到我在窥视她,就转过身来快速地向我说了声:"抱歉,我要下去一会儿,你先坐会儿吧!"

我轻轻地点点头,看着仅有一分钟停留时间的客车,生怕她会迟到。可是,事实证明我的想法是多余的,她笑眯眯地从前门上来,向司机打了个招呼后来到我的身旁坐下。"还有七个小站口,司机师傅说,你不会感到累吧!"

我在赔笑的片刻意识到她的细心和大方。想想自己已经接近三十了,但是仍旧没有成家立业,向她这样的姑娘的确难得,以后一定要把她作为自己的择偶标准。但是,现在父母对工作的干预又让我好生反感,这次临行前还与他们二老吵了架,离家的本意除了要到广西出差外,同时也放松一下心情,找回一丝安慰。

　　她忽然问我:"你这么有责任心,你的妻子一定很爱你吧!"她这样的问题让我感到措手不及。想想之前她失落的情绪,我想她一定是在感情上遇到了磕碰,为了弥补她的神伤(当然这完全是我的主观臆断)我不带丝毫纠结地说:"是的,我们很相爱,夫妻相处既要互相尊重,又得相互理解、关怀。"她立马将敬佩的眼神投向我,这下我更加确定自己的猜测了。

　　于是我开始将一个毫不干己的话题谈得大有风度,直到让自己感到天衣无缝、心满意足,又让她感到无限憧憬时,才渐渐地关闭了话匣子。但是仿佛这样的结果并没有给自己带来什么成就感,反而更加失落,甚至空虚,连憋在心底的一种虚伪也召唤了出来。

　　她说:"原来你也有这么多的经历,一开始我觉得自己背负了世界上最沉重的包袱,可这么一来,你或许是第一个可以理解我内心世界的人了!"

　　我故作惊讶:"哦?不妨讲讲。"

　　她沉默了片刻眼角有些微微地泛红了:"其实这次去广西是为了一个人,刚开始我一直在仇恨她,甚至贬低她用在我身上的所有感情!但是后来发生的一些事改变了我对她的看法,直到她带着冤屈和苦痛离开了这个世界……"

　　"离开这个世界?"我不由得叫出声来。

　　"是的,她已经离开了,再也回不来了!"我开始把目光调制到酸涩的程度,静静地听她讲,"她是被这个世界抛弃的人,一年前她戴罪入狱,但是后来越狱被俘,死于顽抗。"

　　"那么你说的她是?"

　　"她是我的母亲"。看到她有些哽咽,我的情绪立刻陷入困顿。于是,我轻咳了一声,以打破这灰暗的静谧。"不谈这些了,对了,你喜欢桂花吗?"她揉揉泛红的眼睑,然后把一个带着渴望的笑容留给我。

现在的时节,确实到了桂花又开时,上次在湖北也有幸目睹了一场桂花纷落的图景。白的高雅,黄的热烈,橙色里泛红,淡然贞定。记得《桂花》里还有一诗:"瑶树静当严序来,千花杀后有花开。清贞更造清芬境,大地萧条赖挽回。"

三

"我对桂花骨子里衷情。"当然我这样的回答完全是为了取悦于她。自己对什么花都没有研究,也没有兴趣。她又补充道:"你知道吗? 桂花懂得人的感情,它能让人忘记过往的忧愁,记起来生的欢愉! 它们可以把人类的每一种感情都编织在自己的灵魂深处,然后借着微风,盛开一树,那些凋落的花儿也就是它抛落的所有忧愁和伤恸。"

这样的花,灵性可嘉,但是未免涉了太多的尘世,活不出自己的洒脱,也脱不了七情六欲。我从主观的世界里,找出自己的一点儿感受,希望她有所顿悟。

她笑,很优雅。向我摆摆手后第五次下了车。片刻之后,她带回了一小袋湿润的土壤,轻盈地放在自己的包里,然后又在包里找出一支笔把她的电话号码和 E-mail 留下来递给我。"以后找到新颖的桂花要联系我哦! "我蛮有诚意地答应下来,之后把自己的联系方式随同一瓶农夫山泉一并递给了她。

到了此刻,不知道为什么,自己倒愿意把工作上的矛盾以及与父母的不和告知她了。我本是报社的一名记者,但是母亲不乐意让我整天奔走采访,嫌我一年四季也踩不上门槛几次,同时父亲也要求我放弃工作,回他的公司上班,可是我更愿意靠自己的能力撑起一片天空。为此他们时常在电话里抱怨,让我的心情好生疲惫。近来,母亲又患上了阑尾炎,

病痛得厉害,但我一回去,她却丝毫不拿自己的病当一回事,而直接把矛头对向我的工作。所以我还是选择逃脱。

她听后很淡然:"或许我们每个人的判断都是有根据的,可是谁对谁错真的很难说!"

也许吧,在短短的沉默里,客车已经入站了。终究是没有兑现自己的承诺,她微笑着向我道别,说她自己其实可以找到桂花的,我有些担心,但还是望着她的影子消失在一片客流里。

办完公事,天已经黑了,急急忙忙找了个宾馆安下身来,打开电脑,她的邮件就过来了:"这些天谢谢你!我找到桂花树了,真是太好了,我把母亲的最后一点儿骨灰埋在了桂花树下,希望这次她在那边可以笑着走下去。"

"骨灰?"我在屏幕下方打了一连串的问号。

原来,她一路上都在帮她的母亲完成遗愿。十年前,她的父母离异,她一直跟着父亲,后来得知母亲改嫁了,从此在她心底深深地埋下了仇恨的种子,她一直讨厌她的母亲,但是每年到她生日的时候,她的母亲都会变着法子把生日礼物送到她的面前,当然这一切她都不知道。直到两年前,她的母亲被诊断为胃癌晚期,可那个狠心的男人却抛弃了她,不愿陪她度过最后的日子。终于在受尽凌辱之后,她的母亲将那个男人杀害了。后来,她选择了自首,去年在她女儿生日的时候,她想起了桂花糕,她想亲手为女儿最后做一次桂花糕,可是在警局还没有允许她的请求时,她就猝然长逝了——临走时,她把一封信交给狱警,让她带给自己的女儿。

四

她把母亲的骨灰小心地埋在每一个站口,希望微风可以把桂花的幽香带到远方。后来我打电话过去,她在那边哭了:"我想母亲的一切忧伤终究可以搁下了,同时我想把我所有的爱变成这一树的桂花给母亲寄过去,让她永远快乐地铭记一场忘忧的桂花雨!"

第二天我打包整装踏上了返程的火车。刚进家门,她的短信过来了:"回家了吧,呵呵,我也快到学校了,我会铭记一场桂花雨,铭记那个曾站在桂花树下听我讲故事的桂花人!"

我微微一笑,按下了门铃。母亲来开门时,显示出了满脸的不相信。这么多年了,我却头一次发现,她的泪光后已经有了很深的鱼尾纹。她激动地把我拥入怀里:"孩子,你终于回家了!"

我鼻子一酸,看到满树纷零的桂花雨正在泪光里飞舞,是的,回家了,回家了!

一纸桃花,半瓢夏

我爱上的时光,喃喃轻语,留下一盏清茶淡韵,涂抹幽静。深夏,浅夏,风姿绰约;深思,浅思,桃花舒卷。

可以把之定义为宁静,一种淡忧冲不破的神宁,一种浓愁浇不垮的

心静。意兴阑珊时,拾捡只言片语的文字,把它们从早已逃遁的空门挖出,可以如获至宝,仔细酝酿一番,甚至发现高于情志的雅趣。

文字有时的确可以排解忧伤,但我却不忍以自己的晦滥私情去亵渎其纯净的灵根。看着一纸跳动的音符,像片片起舞的桃花,在尘埃落定时,散发出它们独特的馨香。这于沉思者是一种指引,于病痛者是一剂良药。我想,它们是每个季节独有的情韵。

对于夏季,我一直怀着觐见阳光的崇高心情。有自己忘不了的十八岁,蝉鸣悠然,树影婆娑,教学楼里传出的琴声抚慰着一些人年少的心事。可那个季节却要分别,我们空洞地审视着对方,不想路途遥远,只想何时再见。渐渐地一些人、一些事就硬生生地扳离了我们的视线,留下一段长长的距离,洒满星光,摇摇曳曳。

秋风起时,我们已坐守着两座城池。北方的大雁,想念南方的云水,巍峨倒立的塔影;南风的笃静,想念北方的落叶,旋转轻盈的舞姿。仅此一别,一纸的桃花,又已凌乱。

一直到蓝天的娇容,变成一张灰色忧郁的脸,季节的尾声才在这里戛然而止。想念他的那座城,烟柳画桥。自己的微笑则伴着满枝丫的落雪沉沉下降。冷空气入境的时候,自己还伫立在风中,苦思冥想着,希望找到一些回忆为自己取暖,心中默念:你若安好,便是晴天。

时过境迁,春风挥舞剪刀的时候,人间已过四月。那缓缓断声的离歌,那入土即化的思念,都凝成一场春乏,蒙头酣睡。我想,天空苏醒的片刻,即是一生中最难忘的瞬间。那时,将是另一些人的相遇,未来留给他们,尽情演绎。

我们能做的呢? 不论时光如何肤浅,都笑着迎接,等一场涤净铅华的梦,落满一纸桃花,留下一季香氛。那时,我们都将情愿泼翻半瓢微笑,等待盛开的夏天。

月亮人

月亮下站着一个人。

外婆在世的时候,他很少露面,外婆离开的时候,他经常出现。

我只见过他一面,他不会说话。母亲说他是一个不称职的乞丐,一般的乞讨者都是得到便会满足,但他不同,他从来不要人们施舍的财物,只希望得到一口饭,残羹冷炙,剩菜凉汤都可以。可他都不白要,不管哪家给了他食物,他都会默不作声地帮助哪家。虽然一只胳膊不灵便,但浇浇菜园,捡捡地里的石头,还是可以顺利完成的。

外婆虽然贫穷,但乐善好施。他踩上外婆的门槛时,外婆从缠身半辈子的病痛中挣扎起来为他熬了粥。此后,外婆的水缸总是满满的,因此舅舅们也不用在工作上分心。

外婆总说他是个苦命的孩子,上天对他不公,夺去了他的左臂,还让他不能和正常人一样说话,并且社会不容他,让他一生都在流浪。

母亲不知道他流浪的原因,外婆也不知道。

漂泊到镇上时,他不再漂泊。很多人猜测是因为镇上的那所破庙给

他提供了容身之处。外婆在晴日里挣扎着起床,在豌豆糊里放上母亲带去的芝麻,然后拄着拐杖走一两里的路程送到破庙。白日,他通常不在庙里,外婆说那里潮湿得厉害,蟑螂和跳蚤都嫌难熬,也不知道他如何忍耐。

好多次徘徊到外婆家门口时,他都犹豫再三不肯进去。外婆说他是个自尊和顾虑很强的孩子,他担心外婆会留他住下,前几次外婆的好意都被他生冷的转身谢绝了。

但是不知道为什么,外婆一次次地给他送饭;也不知道为什么,他总不想让外婆发现每天停留在破庙前叹息一阵的那个影子。

那次,外婆很惊慌地给母亲打来电话,是你们送来的灵芝?母亲否认后,外婆绝食了好一阵子。她的担心没错,是他得知外婆病得厉害,才想到了这滋补的灵药。可是要得到两块灵芝,他承担和付出的又将是怎样的一场不可名状的艰辛。那件事以后,外婆心痛了。

外婆病危前,舅舅一家和我们一家都赶了回去。那时候,舅舅发现有人在墙外偷窥。便决定捉贼。谁知外婆用平生最大的力气责备了舅舅,并让我们把牛奶和面包送出去给他。但是,我们出去,他也就跑了,无影无踪。

外婆在坎坷的命运面前从来没有流过泪,但是那次外婆哭了:他太可怜了,无依无靠,又不能说话,有几次我在朦胧中看到他跪在我的面前,他眼里有泪,但嘴里只能"额吉,额吉"的发音。

外婆走了,她的遗嘱里提到他,并要求我们把接济她的东西按惯例带去给他。后来,我们再回去时,再也没有见到他的影子。只是,外婆的院子依旧整理得井井有条,我们知道他在躲着别人,在他的灵魂里,只有外婆是他一生的意念。

外婆说的那句话我懂,"额吉"是蒙古语"妈妈"的意思。但长眠于地下的外婆却从未知道。在他的内心世界里,孤子无依是多么巨大的灾难。但是,外婆给了他心灵的慰藉,给了他灵魂的寄托。

再回去时,我们变为墙外的那个瞭望的人,淡淡的月光下,一个孤子的身影在呆呆地仰望着星空。

我明白了,院子里的他在想念月亮里的那个人,月亮一直在想念着院子里的那个人……

若是别时雨未停

雨中,一个烟头闪过,那星点幽咽的光是它最华丽的记忆。

轻袅在空气里升腾不起的薄烟,舞不尽这个季节最缠绵的梦魇。彼时,你不在我的视线里,温热已远。

一个人在雨中,伞下腾出的时间,被忧郁袭满。雨是滚动的梦,记着独自浅歌的光阴,也记着默默守候的背景,却不记得何时醒来,为梦中执拗的飞鸟涂一抹彩虹。

从故事的开端出发,漫过地平线,荒废已久的铁轨,旧的电话亭倾斜的扶手和一道无人问津的篱笆,雨仍潜然。校园荒僻的小道,没有尽头,或是此刻,记忆在脑海里再也寻不到边,风过了,冷,风止了,冷!

以前，我们都可以保留着自己的偏见，把雨看成天使的玻璃鞋，繁华落尽，尚有独舞的伶俜。可是这一切，在星河未流、韶华未尽的中途便已逝去。你不再喜欢这些了，甚至不愿让回忆珍留一点余温，偏偏离去。谁懂得，童话的结局，雨成了黑夜抹不去的伤痛。

若是别时雨未停……

我仍在窗前，和落烟浅笑，淡淡的浪漫谁也听不清了。楼上红尘逝，楼下烟雨空，想不到转身的时候，世界就已疲惫。许久，很美很美的思绪，化了相思，淡忘成苦，我走在风中，不愿止步。

静谧的夜，岁月不再流了，倾泻的只是春暖花开前的一波曦光。只是，在这之前，我们都被青春欺骗了，只剩下冷眼漠视的距离。

此刻，又听到雨。

我想着，若是可以做一尾自由行走的鱼，世界是否就能够看清我的眼泪了。雨也许不会同意，你走的时候，空气是被抽干了水分的，它怕我们都脆弱，甚至不堪一击。

顺理成章的，从故事的结尾停止，我们已是路人，你听不懂月亮的低言，我听不懂星星的碎语。彼岸的花，开不尽人世的沧美，也许往事如烟，封存的脆弱在固守的地方逝去，无声无息。

风轻了，流年迷离，斜织的灯火下，思絮浅澈，若干风尘后，谁会成为当年遥望的美。谁会说，彼岸开花，你仍旧是我最美的信赖。

浅的花，浅的水，浅的烟波，浅的孤寂。

若是别时雨未停……

夜可能已近三更，灯火阑珊中，念想且行且止。在这样的韶光中执笔，素然，不为怀念，不为憧憬，也不为谁的困惑谁的懂。

流年倾尽，空白的不是身影，我再来时，谁还会泪雨蒙蒙。

在光阴里沉湎，我们都成了风的夜曲，你的谱调不在我的琴声里悠扬，我的节律也不在你的笛声中游荡，只是这雨，涤净了所有的忧伤。

就这样,你我再度人海张望,前方,还有云,还有星,还有晨曦和黎明,若是别时雨未停,把冷清除却,让忧虑散尽,最后听梦,如烟轻,如水静!

把你的爱,从南方接回

北方的蝴蝶,朝夕相随,她的翅膀染上了黄昏的一抹凄凉。两只蝴蝶,它们相约着飞到南方,南方有温情的水乡,可以赶走所有的忧伤。可是,一只蝴蝶受了伤,而另一只蝴蝶迷上了南方。

迷上南方的那只蝴蝶叫作赵团世。

一、原来,这个世界你最吝啬

"赵团世,我要吃棉花糖!"

——小白兔奶糖可以吗,这个比较便宜。

"哇",我的哭声惊天动地,那一刻,你不再理我,一个人借着夕阳扬

长而去。

眼看着坐在地上打滚这一屡试不爽的招数就要失灵了，我急忙爬起来，追随着你的背影，那时候，我一个人还找不到回家的路。

回到家，负气不吃饭的我一个劲地看动画片，你二话不说地拔掉插头，连关电源这样的过程都不懂，我再次呐喊申冤。

无论我哭得多么大声，你都学不会给一个安慰，哪怕是买一支棒棒糖或者一个小兔子发卡也行。

但你却说了句：一整天就看电视，伤了眼睛是小事，这几天一度电涨到四毛五了，谁能给你交起电费啊？

四毛五？

是的，因为你眼里的那四毛五一度的电费，我却永远地明白，你是这个世界上最吝啬的人，活生生的夏洛克、葛朗台。

二、小器的男人必然有粗鲁的一面

妈妈说吝啬也解做"小器"，即成不了大器的人，赵团世啊，你可算是小器到家的人物了吧。

一次的数学考试离及格就差一分，你吹胡子瞪眼地大叫：就这点儿出息，一分了也舍不得努力一下。

这点完全是你的遗传啊，一个大男子可以小器，一个小姑娘有什么理由拒绝这样的遗传基因呢？只是，你不应该打我，家庭暴力只能让你显得更加冥顽不灵，千古不化。

我忘记了自己是如何让丰富的泪腺奢侈地汹涌了一个晚上，但我下了不再理你的决心，这样应该是我迈向成熟的第一步吧！

到了春夏换季的时候，你不肯给我买新衣服，还说小姑娘应该以学习为主,附带着什么囊中羞涩,这些老生常谈的借口我早已习以为常了,可是到头来还是要忍不住揭你的老底——是你吝啬舍不得吧!

一个吝啬又暴力的人,着实不是我心中的偶像,而是我胃里的"呕像"。

三、妈妈说,把你送到江南,情况也许会好点

赵团世,你是一只奔跑在北方草原的猎豹,凶猛没人性,我时常抱怨妈妈没有找个像别人爸爸那样温柔体贴的男人,别的孩子有很多玩具,很多漂亮的衣服,他们的爸爸从来不会因为他们犯了一点小错而揍他们。可妈妈却说:傻丫头,如果没有他,你也不会来到这个世上。

没有你,我也不会来到这个世上,我该心存感激吗?

听说南方的男子温柔体贴,他们生活在水乡,撑船渔歌,感情细腻,赵团世啊,希望有一天可以把你送到南方,或许那样,你就会变成一个善良的男人了!

四、听说南方下了雪,我们变成两只蝴蝶

上了高中,头一次离家。

你从电话那头大叫:丫头,天凉了该穿棉袄了,咋不怕别人笑话,暖和了就好!

你的声音那么大,全宿舍的女生都向我投来异样的目光,手制的棉袄暖和,你时常这样说,可却忘了披上你的爱,在别人面前是抬不起头的。

高中的学习有些紧张,你时常在电话里骚扰我们的老师,让他告诉你的妞:多吃点饭,不好吃没关系,长身体重要;多喝点水,不好喝没关系,不得病重要;多休息一会儿,考不好没关系,长身体重要……

你的话,老师都能编成顺口溜了。

好不容易放次假,天却下起了大雪,你裹着一身棉袄站在校门口眺望,直到我出来才把冻得发青的脸笑红。你说:妞,咋不穿棉袄,这么冷的天冻坏了咋整,还得吃药打针!

赵团世啊,有时候真不知道你是关心我啊,还是关心钱啊!

五、把你的爱,从南方接回

我生病的那几天,你总是抢在母亲前头来医院送饭。那双粗糙的手捧着一盒刚出来的面条,滚烫的温度早已浸到了我的心里。

你说:妞,吃饭喽,你老爸亲手煮的面,调味品不怎么到位,可面条劲道。

不知什么时候。我开始默默发现你很温柔了,此时更像一个母亲,难道你真的到过南方了吗?

出院以后,你破天荒地去了一家水果摊,很长时间不见出来,原来你和一家卖荔枝的吵了起来,你硬是要多放一个在秤上,说少了一个就少了斤两。赵团世啊,怎么去了南方,你仍旧没有改掉这斤斤计较的毛病啊。

你满脸欢喜地拉着我回了家:"妞,爸给你多要了几个荔枝,这次你可以大吃一顿了!"

跟在你身后,我偷偷地哭,你再也不会吵我骂我了,这样倒让我有些怀念以前的日子,赵团世啊,你不必对我这样好,我真的无以为报啊!

原来,世上最吝啬的父亲给孩子的永远是最奢侈的爱! 什么时候可以把你从南方接回?

"妞,快些走,要下雪了!"

"哎,来了……"

一个冬天过去了,雪地里的两只蝶,一只飞得欢乐,一只却飞得忧伤。

…………

风铃人家

不知是谁来过窗前,洒下几声夜莺的歌。

屋里的影子素净优雅,微微煽动的裙摆接纳了轻风的一个拥抱。她笑笑,把一串竹骨风铃挂在窗前,然后转过身坐在窗前的椅子上,安静地思忖。

往窗外望去,眼前是一丛高低错落的荨麻叶,风一来,她微笑着闭上双眼,悄悄地听绿叶的温声细语。

风铃叮叮……

她知道一个关于春天的秘密,埋藏在盛夏,已经有了一个季节。

少年小心翼翼地探出头,没有注意到被花枝挂着的衣摆,一块洁白的丝帕从他的口袋掉出,那是女孩送给她的,上面蹁跹着两只米黄的小蝶。

"啾啾"……

她赶忙站起身来,对着窗户张望。这是月光稀薄的夜,阳台上的银霜在袅袅抖动的咖啡香气中消散。

少年说,她的眉间闪动着一颗流星,那是他世界里最温柔的光芒。可是当她凝望时,又觉察不到他的影子。

少年摸摸口袋,然后焦虑地离开了。转身跑开时,风铃叮叮作响。

她听到了夜色里窸窣的响动,嘴角不禁扬起一朵快乐的花。她记得那个少年的模样,甚至他清晰的轮廓。但是这响动很快消散在茫茫的雾气里,化成她一波空洞的眼神。

风铃叮叮……

风,安静地漫过一夜,少女的脸庞安静地辉映在晨曦里,她睡着的一个晚上,少年再也没有出现。

咖啡色的泥土小径被林间的轻雾遮掩,在散去的莺歌燕舞里,落下几片单薄的叶。

少女的指尖在阳光踱进的一角里轻微地动了一下,这个梦比清晨的阳光更加安静。恍然,少年白衣翩翩,在梦中,她听到他的笛声,看到他微扬的唇角,看到他清晰的眉眼。

一个梦,是一个少女的秘密。

上午,少女醒来,窗外的风送来温暖的长吻。从小径出去,她看到邻家的猫咪迅速地跑过她的身旁,抖落一些灌木中的晨露。邻家女孩温柔地和她打招呼,她忽然看到对方手心里的手帕。

女孩搬家了……

男孩再来时,门前的荨麻叶散乱地舒展着,一串竹骨风铃发出迟钝的声音,叮叮……叮叮……

不许天荒，只许地老

仍旧习惯在深夜里留一盏灯，为一个人。

也记得每一站，都会错过松闲的客车，等待某些暗暗颓老的时间流过，总会感觉，那一个渡口，将会有他的笑脸。

时针把持不住光阴的强势，只好留一抹无力的影子在表盘上颤抖，车过了一站又一站，等到末班车，已然天亮。

有一年，我们中的一个人，也许说出了这样一句话：我陪你，到天荒……

晚风在每个季节都会如期而至，为了蒙蒙暮色中，唯一没有凋零的寒冷。没有谁的夜晚里，我独自凭栏，没有我的夜晚里，谁独自黯然，像这最后一丝滚动的痕迹，掉进无边的深渊。

不必在青春的年月里，学会忧伤，来的去的，抵不过荏苒时光。我许你的，也许不该是天荒，记得吗，那一宿未眠的冰蓝，像紫茉莉吞咽下的烂漫，但是路已远，人未归，情却丢在哪站？

一度幻想，你是我的眼，虽看不清跌宕的山峦，也能在人海中远行，不会失散，可是雨终究不懂星的寂寞，同在暗夜里，你却是我搁浅的记忆，摸不到熟悉，触不到温热，轻轻地来，轻轻地去，拉长思绪纷飞的日期。

我坐在窗前，屏蔽掉视线里所有的星光，只找寻苍穹里你的那双眼睛。托腮的时候，世界好安静，很多会行走的情都落叶归根，只有我静默着、执拗着，不肯入尘，或许来生，我们谁也不是谁的谁，只记得曾经相遇过。

通话结束，我们的繁华就此褪尽，离歌铺成荒陌的时候，路正潜然，亲爱的，不要对我许下天荒，我们都静静地行走在大地上，然后一起老去，好吗？

等待，我们真的会同在下一个轮回吗？回忆里，谁还愿意背负着过往那沉甸甸的美，也许面目全非，也许伤痛未遂，但是不言离殇，不诉别悔，流年里行走了一遭，我们都怎么了，为什么心情会空白，我们都怎么了，怎么了！

那些浅梦悠扬，我们仍在相对无言，留下苍茫的一季海水潮涨潮退，你记得那站吗？地铁口的相逢，你记得那晚吗？月光静得似水。

如果有一天，我忘了自己，但我还是不肯忘却你，不肯放弃我们短暂的曾经，你是否会回来，找一个不通俗的理由接好我错乱的神经；如果有一天，我忘了你，却只记得一个悲伤的自己，你是否会转身，把彩虹编制得和你的微笑一样美丽……

很多年以后，我们都不再年少，光阴会在斑斓的树荫下匆忙变成枯草。枝丫上的夜灯，吹不起谁的晚风，我们都难以辨认，彼此最美的那一道伤痕。所以，我不想再如是般疼痛了，刻骨虽已铭心，寂静不再喧闹。

亲爱的，不要许我天荒，我只要你相伴的地老。

寄一颗沙砾到你的心里

那次列车还是开走了，再也没有回头。

这夕阳下的绿树红瓦，彤云丹霞仍旧痴痴地待在这片天空的怀抱里，这是那些记忆失去了色彩。再回到这片土地时，树影已不是孤单的婆娑。我感觉到了，在这寥落的空旷里，依旧有你最赤裸的声音……

"猪孩"，"虎娃"这或许是我们最纯真的记忆。那时，你是一群伙伴中最胖的一个。即使现在在一片灰色的沉寂中默默地回味当年的时候，我还是不由得在苦闷中找回一丝欢乐。你是我们的邻居，那时同样也是我们许多孩子中最令人"讨厌"的一个。想起那时，一个比同龄人胖出五倍的身体，高出两倍个头的胖女孩，一天到晚还不住地想要和其他男孩子玩的"异类"，将获得的讥笑和欺负绝对是几箩筐都装不完的。而那时，我是"黑帮"老大，暴虐的脾气和满口不伦不类的脏话让身边的一帮"兄弟"心甘情愿地陪我玩到天黑。当然一些受家长管束严格的孩子也自然躲得我远远的。因此我仇恨他们，也处处和他们过意不去。

一个偶然的机会，我看见那些所谓的"良民"在一起嘲笑满脸泥水混合物的你。好不容易找到"复仇"的机会，于是我飞奔过去就给那个嘲讽你的"主谋"一个耳光,其他孩子吓得一哄而散。但是我完全没有料想到,从今以后我会变成你心中的"上帝",甚至你还痴痴地笑着说:我是个好人。当时我真有些哭笑不得,然而抱着虚荣之心,我也勉强接受了你的"膜拜"。但是说句心里话,那时我绝对没有料想到会有更糟糕的结局——你每天都缠着我,甚至吃饭时还专坐在地上等我,午休时蹲在门外两三小时,晌午的烈日照射着你起了皮疮的胖肿手臂,你还是要把半块咬得不成形的巧克力塞到我的手心。尽管那一次,我一再地躲避你,但还是不由得蒙上了冤屈——有时在家里装会儿学习的时候,墙外总有"敌人"投放"烟幕弹",什么类似:虎娃(绰号),你的猪孩媳妇儿又在等你啦。当然这是轻的,记得那次学校还没有放学,老师正因为作业的事儿批我,而那些"乱党"起哄:猪孩猪孩你真乖,每天放学准时来! 我正红扑着脸蛋站着,一撇头猛地看见你正傻傻地朝着我笑。然而,这样的举动被大家尽收眼底,那么自然一场暴如轰雷的嘲笑声又会给老师未熄的火苗上加满柴油。老师仿佛发怒的狮子朝着我大吼:上课还勾引人家外班的女孩,胆子越来越大了。我清楚地记得,那一次全班人整整笑了一个下午,甚至有人笑破了肚皮。那次,我几乎是第一次哭红了眼睛。终于挨到了放学,我像一只疯狂了的野豹冲出教室。算是不幸吧,你还傻傻地站在那里,我几乎忘记了自己是如何疯狂地踢上你的,但是那次你没有哭,只是极力地把眼睛睁大,张开难以置信的嘴巴望着我,而你手心里的饼干不由得掉在泥沙地上。那时,你急忙蹲下肥胖的身子,滑稽地捡散落了一地的饼干。也不知道为什么,看着你的样子,我有过很长一段时间脸上高温。那一天我忘记自己是如何走回家中的,但起码可以确定那是我童年生活中最悲惨的一天。

第二天不知道什么原因,你被父母带着出远门了。当我还暗自庆幸你没有来烦我的时候,忽然发现大门墙角里那一盒熟悉的饼干,上面还有歪歪扭扭的铅笔字——虎娃,我把泥沙都吹过了,你吃吧,今天妈妈要带我出远门,回来我再找你玩。看了这话,我不由得高兴起来,看着上面还镶嵌着褐色沙砾的碎饼干,毫不客气地将它丢掉了。

后来,一天,两天……一个月,两个月不见你回来,我终于得知你已经带着九年的先天性心脏病永远地离开了。我仍旧记得你妈妈那失神的眼睛和那一句重复不断的话语——列车上,妞说要和虎娃玩。

在离开童年的乐土时我屡屡忆起那蔚蓝的天空和浅唱着的小溪。但是接踵而至的便是对你由衷的回忆。那时,我的头绪是说不出的紊乱。你离开得很平静,正如岁月轻轻地抹平那一层涟漪。但是我们一起走过的路口始终有你最原始的声音。那时我明白,是时候了——寄一颗沙砾到你的心里,那是我们一生的回忆。

外公的羊圈

一

我是幸运的。

我常常暗自庆幸自己的童年有过一段在镇子上生活的经历,这是许

多城市孩子无法感知和觊觎的。

按时间推算,那座镇子也算得上历史久远了,四座古老的城墙就那样年复一年地围护着镇子的祥和。我的童年就是在镇子上度过的,确切地说,一切有关童年的回忆都会在那个小镇的波澜里激荡起温馨。

二

外公是在镇子上生活了一辈子的人。他做过麻绳匠,也干过水泥活,但操守终身的身份却还是一个普普通通的农民。我虽不是在镇子上出生的,可不到三岁,也就是打从识得花红柳绿,鸡鸭牛羊之日就把童年真真切切地抵押给了小镇,后来还是成长将我赎了回去。但是,留在我灵魂深处的那个深深的烙印却再也无法覆灭了,多少年以后,我还是会回首,会想起也会记得那个常驻在生命中不肯远去的小镇,它深深地埋藏了我的过去。

外婆在世时喜欢到镇上的市场赶集,专拣我喜欢的菜买些回来。从外婆家到街市也有一段距离,外婆买菜的时候从来不准许我跟着,她担心顽劣的我钻个空子就给丢掉了。当然,让我乖乖就范的条件也是很苛刻的,外婆必须在回来的时候给我带一串糖葫芦,否则,就算抽干黄河水也补不回我的眼泪。

估摸外婆快要回来时,我就一个人爬上东墙边的草垛上张望。那时,东边住了户姓柳的人家,南瓜蔓总会爬过一米高的土墙延伸到外公院墙的红豆架上来。只是,我不知道这纠缠不清的藤蔓究竟缔结了怎样的情缘。在我东张西望半晌还没有看到外婆的影子时,我总会捺不住性子地跳来跳去。那些草芥和秸秆大感心情不爽,就干脆一股脑把我抛下去。那样我会稳稳当当地滚落在外公的羊圈旁,四只大眼羊幸灾乐祸地瞪着我，两只小羊羔干脆不理睬，傻蹦着往母羊的肚子底下蹭。

外公的羊圈是用栅栏围起来的，南边的一堵墙通到头也就插了几根桩子围着，因此，我摔下来时，隔壁柳家的小女孩一览无余。那时，她扎着两个麻花辫痴痴地笑。我赶忙爬起身来维护小男子汉的尊严，我说："你笑什么笑，再笑小心我过去揍你。"谁知她笑得更加卖力了，还不服输地说："有本事从羊圈里钻过来呀！"

我站在原地傻了眼，她一溜烟跑开了，而那四只羊像看了一场无聊的话剧一般垂头丧气地低下头去继续吃草了。

后来，她拿着自己家的黄瓜跑过来找我，还说要和我玩。谁能知道，烂俗的年少，我们竟因为一根黄瓜结下了不败的友谊。

此后我得知，她叫陈梅青，是隔壁柳公的外孙女，她父亲一早就失踪了，而她母亲在生她的时候也因难产过世了。她自幼生活在外公外婆家，是靠着喝羊奶长大的。当时她只有四岁，说起这些时却只是淡淡地皱眉。我无法揣测自己在那种情况下该如何坦然地处世，但也正因如此，在别离的年月里，我深切的内疚和无法弥补的自责也愈演愈烈。

外婆是喜好小孩子的，在看到我有了新朋友的时候，她也不必时时刻刻瞅着我了。只要院子里的鸡犬没有到口干舌燥停止叫嚷时，我们就绝对还在她的搜寻范围之内。

因为我们俩的缘故，梅青的外婆也很少大叫大嚷了，只有到了吃饭的时间，她外婆的声音才会穿过外公羊圈那层厚重的瘴气传到我俩的耳郭。每到那时，梅青会很紧张地拍掉身上的草渣土尘往家里跑，迟到片刻都会惹出她外婆的火气来。慢慢地我了解到，她外婆对她的严苛是源于她的出身，她外婆一直认为她是她父亲的孽种，是克死她母亲的凶物。甚至有时候，梅青还会遭到拧耳朵和胳膊这样的酷刑。而这样的结果，都会在她委屈地哭过以后化为无形的泪痕。

这，是我不懂的。

三

　　梅青受过气以后,会红着眼睛来找我。外婆就嘱咐外公去东门外(那是离家最近的一间小商铺)买一些消肿的药膏回来,然后由外婆亲自替她敷在伤口上。我就在旁边安静地坐着,也许那刻就是我人生中最消停的时候,看着梅青干燥的脸颊映出的道道红印,我会不由自主地把手里的花生让给她。看到她开心地笑,我也就漫无边际地跟着傻笑起来。

　　笑,总归是好的。寒冷袭尽,溽热败退,我俩的笑声也久久地回荡在那个院子里,这是谁也夺不去的清欢。

　　冬季来临之时,天空铁青着脸。外公打很远很远的地摊上买回了柿子。那是我酷爱的水果之一。那时候,镇子里的人在冬天生的还是火炉,我会和梅青眼睁睁地静守在火炉旁,等待洗冷水澡的柿子褪去晶莹的冰块。

　　我会时常等不及的去挑选大个头的柿子下手,外公也在一旁不断叮嘱我别吃太多,吃太多胃会受不了的。可年少就是固执,就是贪婪,我一直吃到全身打冷战都舍不得放下。记得那时还因为吃柿子闹过几回肚子,母亲得知后就再也不准我碰柿子了。想必这样的禁令是丝毫不起作用的,到了馋虫作怪之时,外公还是得跑好几里路,真是乐死外孙,累死外公。

　　梅青也喜欢吃柿子,她的眼珠子会时常停留在外公墙壁的画纸上。那时外婆会打趣地问我俩,你们最爱吃的水果是什么呀？我们就同时将手掌拍向画纸的大柿子,然后不约而同地笑。那时候,我的手心就静静地扣着她的手背,仿佛那两只小手下扣着的就是一个最温暖的春天。

　　开春的时候,我是要到镇子上的小学读书的。刚开始,梅青不知道我被父母接走了，仍旧每天早早地等候在羊圈的那头，等不到我，她就会一个人低声地和羊说话，有一次等累了，竟然一个人靠在栅栏上睡着了，后来还是外公放羊出群的时候发现了她。

我不在的时候，她时常会到外公的院子里来，外公一个人在搓麻绳，她就在旁边很耐心地帮忙递麻线，有时，她会低声地问外公，为什么女孩子不能上学。

外公用一连串含糊的话带过，成长以后我才得知，那是他对晚辈保留着的一份悲悯的爱。

星期天我去外公家的时候，她仍旧在外公的羊圈旁等我，看到我回来，她迫不及待地用同样的问题来问我。看我答不上来，她就会失望地叹气："可惜我外婆说女孩子读书没用，不然我也要和你一起去上学！"

面对此情此景，我往往会木讷半晌。大多数时候，我也会为她讲述学校里的一些好玩的人和事，说完我们俩就在一起没心没肺地开怀大笑。不知不觉，在羊圈旁待得时间长了，身后的大羊以为我俩在密谋什么诡计，就招呼也不打地咩咩起来。它这一叫，硬是激发了我们无耻的童心，我俩便悄悄地避开外公的耳目，躲进羊圈里逮起了小羊羔。

小羊羔的动作往往是很敏捷的，发现有危险就奔着羊圈乱跑。它一跑，我就在后面拼命地追，我一追，梅青也会跟着追。母羊顿时显示出了它的老当益壮，在羊圈里放开约束地乱撞。我们两个人一群羊就这样歇斯底里地在羊圈里展开了拉锯战。有时，侥幸地抱住了小羊，它就扯开未发育完全的嗓门乱叫。我和梅青挤眉弄眼地展示着成果，只把它的叫声当作一种娇滴滴的呼救。大羊发现情况不妙，只好缴械投降，待它乖乖过来的时候，我们就顺利地抓住了它的乳房。可是，在记忆里，我们挤过好多次羊奶都没有挤出一滴来，到最后反而被母羊后脚弹起的羊粪糊了满身满脸都是。外公听见响声出来的时候，我俩早已经面目全非了。

四

到了镇子上集会的时候,很多外地的商贩会赶来做促销。这也是每年镇子上最热闹的时候,我比梅青大两岁,因此无论走到哪里她都乖乖地跟着我。渐渐长大的时候,外婆不再担心我俩走失,也不要一步一追地紧随着我们,这样我们就有了更为自由的活动空间。和外公讨上几毛钱,我俩就欣喜若狂地奔向集市,集市上的许多东西,足以让年少的我们看得眼花缭乱。

挤到有晋剧看的地方,我俩一人买一堆糖果,然后静静地看台上的那些大花脸表演。其实,看戏自始至终也没有勾起我们多大的兴趣,倒不如说是那样壮观的人群吸引了我们。我至今记得梅青剥开糖纸时的画面,她悄悄地流泪了,问起她的时候,她就说想到了她的妈妈,她的外婆曾经告诉她,她妈妈小的时候很聪明,总能用各式各样的糖纸缝制出彩色的蝴蝶。可是,她连自己的妈妈一面都没有见过。

我悄无声息地拉着她往回家的路上跑,其实那时,我手足无措,更不懂怎样去安慰一个哭着的女孩。

集会过后正是甜菜丰收的时节,靠近外婆家的一个食品场大院里,每年都会回收甜菜。人们赶着牛车或者开着三轮车浩浩荡荡地奔赴在那条通往食品场坑坑洼洼的路上。彼时,满载的车厢里总会有一两个或者更多的甜菜忍受不住寂寞而跌落在车外,这也就预示着我们这一群"拾遗"的孩子将受到上天最殷实的恩惠了。与其说是道路坑坑洼洼,倒不如说是年幼的我们诡计多端,其实早已在"大敌"来临之前,就把石块和土块撒满了沙场。最后的结果也自然是运筹帷幄之中,决胜千里之外。当一个个战利品横尸沙场的时候,我们像脱缰的野马一般从四面八方呼啸而出。

也就是在那年，梅青屁颠屁颠地跟在我身后收获战利品时一不小心摔倒在路上，自此以后，她的额头上就留下了一道长长的伤疤，我也因为那件事被母亲训斥了很久。可是没想到，就连这样的日子也很快淡化出了我的生活。

我上初中时，父亲去了外地工作，母亲为了照料父亲和让我接受更好的教育就毅然决然地迁到了外地。我走的时候同样没有来得及和梅青道别，我们的童年也就此折尽在外公的羊圈旁。

我初中毕业的那一年，突然传来了外公去世的噩耗。我们全家人哭丧着赶了回去。那时候，梅青在羊圈的另一端红着脸张望，却始终没有和我打声招呼。我看到她已经长得很高了，只是脸庞还没有多大的变化，她那时是害怕打搅了我，她知道我内心的悲怆。

在那以后，我就再也没有见到过梅青。高中毕业以后，我和母亲一道回去给外公外婆上坟，趁此机会我特意去隔壁找过梅青，但她外婆冷冷地说："那个败家女早已经嫁人啦。"

我惊愕地问："您说什么？她已经……已经嫁人了？"

她外婆不带好声色地回答："这有啥吃惊的，不嫁人还嫁给鬼啊？"

五

外公过世以后，院子也就荒废了。靠着南墙的羊圈只剩下了空荡荡的几根木桩，上面被杂草掩埋得无法落脚。

我孤零零地站在几根木桩前，思绪一片混乱，童年的场景历历在目，而现在，我突然不安起来。

梅青。她不知道自己名字的真实含义，我也不知道。

那年，我不懂自己大夸特夸上学的快乐会对她造成怎样的影响，但每当我奢侈得用她一个又一个羡慕的眼神来填充自己膨胀的虚荣心时，她就会陷入无限的憧憬之中，那是理想带给她的虚幻和现实给予她的刺痛。我想，年幼时，也许我们谁都不知道谁会为谁留下不知名的心伤。我，只能用这样的话来告慰自己。

她嫁到了一个穷山沟，还没有到适婚的年龄，就一个人背上了人生的重责。而我们就此别过，我想那段只有我们两人拥有过的童年也许是我送给她的最卑微的贺礼，但，这对于我来说，却是人生中最奢华的回忆。

晚风来的时候，夜静静的，没有星星。

听说，梅青一直在等着，等着看一场美丽的流星雨……

盛夏，安静地睡去

透过走廊的落地窗，视线就破碎了一地。感情里有许多不安的分子在与琐碎的阳光争宠。以往，此时此景，正毫无保留地上演着我们的青春。而此时相异，五月最躁动的一片叶子悄然嫩绿，悬在我们心底的无名花蕾,静守着最孤单的一片天,等待盛开。

化作流水的时间,伶俐地抛出一道光线,把自己作为圆心,然后画圆。时光静时才发现,原来自己画地为牢,禁锢了许多过往。窗外,是一个世界,没有风雨,没有流虹,也没有一点一滴的噪声蠢蠢欲动。谁都明白,这个季节我们行将蜕变,留下最难以割舍的茧,静守流年。

只是,眼前窗明几净,凝重的七色光连缀成绚丽的阳光效应。该温暖的是阳台上,盆栽红花的心情,该冷落的是谁呢? 一沓没有痕迹的白纸,或是桌角滚动惨烈落地的钢笔……我们都小心翼翼地恪守着自己最脆弱的心事,安然地寻找一个埋藏匿迹的时机,然后转身离去。

操场上,没有了那日偶然遇见的微笑,空旷的篮球架下只有光线投下一个不规则的影子。那椭圆形的框圈,已投不进漂亮的三分球,所有的一切都挂上了沉重的外衣,在扭曲的弧度下,沉沉落地。

沿着跑道,塑胶粒纷乱地脱落,不知它挣脱了眼前的磁场,下一秒将会流浪何方。此刻的路,踽踽独行,不是展望明天,我们会在哪里邂逅,只是想把走过的每一方足迹,染上最耀眼的色彩,然后写下日期。

教学楼前的红旗,仍然迎风飘逸。好在,它永远是庄严的模样,不为即将到来的暴风雨战战兢兢,也不为暮色将至而形容枯槁。相识前,我们曾把未来看作一个谜语赌压在国旗下的宣誓里,分别时,又背负着谜底前行。我想,生活的本来意义,也许都藏在下一秒的未知里。

自己在笃定时总会感想,是否一个人坐在角落里大口咀嚼米饭的微笑最温馨。这些都是孱弱的一瞬间,只给记忆留下一秒的记忆取暖。成长,正以一种残忍的手段剥夺着我们最厚实的锦衾,然后掷下一面裂痕斑斑的镜子,让我们感伤憔悴的容颜和赤裸裸的伤疤。或许,我们本不该以悲观的情绪去揣测世态人情,正所谓天下没有不散的筵席,曲终人散,弥足珍贵。

阳光素净,教室里仍旧弥漫着粉笔的尘埃。此时,讲桌矮矮的粉笔盒上那"无尘"两字格外的耀眼,它在时光的折损中消瘦,是的,走过的凡此种种,哪一件哪一个真正地能以无尘告终。只是时光拉长脸的时候,我们不能忍气吞声,然后将尘埃趋唤于心底,蒙蔽似是而非的情愫。

偶然想起,自己在无助时,得到朋友的帮助,那些风中的蔷薇花,在经不住风吹日晒的时候,承恩了甘霖。感恩在我们心中,一直是一种激动的萌芽,不知道情却为什么,不知道害羞源于什么,总感觉一意孤行会找到希望的光源。

两个季节的更替,预示着我们将在零下一度的环境里展翅试飞。尽管外面的日光已达到了可以沐浴的高温,但我们仍旧感觉在冰凉中前行。这个六月,寒冷已经冲破了封锁千百年的禁锢,与酷热耳鬓厮磨,我想接踵而至的不是细雨和长虹,而是冰魄与霜冻。

长廊的尽头,又传来了某位同学滑到的惨叫声,此时,我们已经没有欢呼的心情,而且也渐渐开始埋怨,转角处那块光滑的地板。静静的才会发现,母校的每一寸肌肤都有其斑驳的病态,在给我们留下教训以后,让我们缅怀过去。在这场相遇又相聚的故事里,留下的终是相别又相离的结局。

季节到了尾声,一切都将蓄势。高考风暴来袭之前,我们屏息凝视,阳光再度倾斜,大楼的倒影在迷迷漾漾的花雾里颤抖不已。或许,生命该珍惜每一次的促膝,让我们在泪光荡漾的清波里,哄着这个盛夏,安静地睡去!

放弃一朵花，
得到一个春天

第一次接触到她的目光时，我的心怦怦地跳。

她端坐在第二排的中间，洁白的裙子衬着她桃花一样的粉面，有种说不出的娇阿的感觉。

在莫名其妙脸红的同时，我捕捉到流溢于心底的一种奇怪的力量，热热的、痒痒的，像众多爱情小说里写的那样，我知道我对她产生了那种青春的感觉。

在那个流行饲养小动物的年代里，我却默默地在心里养了一只活蹦乱跳的小兔子，尤其是每次瞧见她的时候，小兔子就化名叫作"忐忑"在我的心里或舞蹈或拳击，让我冥顽不灵的精神画板上出现羞涩的符号。

慢慢地相处中，我渐渐地发现其实我们有很多的共同点。其中之一便是认真，当然含义是不一样的：她听课、写作业办事情认真，我打架、骂人、睡觉认真。尤其是睡觉这可不是一般的嗜好。何时等到老师拿上粉笔头摔上脑门时，我才精神恍惚地从天宫回来。

老实说我对上课睡觉可是从骨子里的衷情，但是她的出现竟神不知鬼不觉地搅乱了我的"正常休眠"。接下来，我不由自主地空出了很多睡觉时间去偷偷地看她，直到鼓足勇气偷偷地把第一张写满我所有想法的小字条塞进她的书里。

那一天，巨大的浪涛在冲刷着我的心房，我极力静坐在座位上等待着她的回音。当我偷窥的眼神移向她的脸庞时，我发现她的眸子依旧如同往日般清澈明亮，只是秀丽的面庞有些微微地泛红。我立马将目光蜷缩回来，生怕才刚刚有些舒意的花苞遭到四面寒霜的打击。

一天就这样匆匆地把夕阳打发了下去。晚上，我的文具盒里出现她回复的字条，我怀着激动与不安打开了它，上面工工整整地写着一句话："我理解，但你也应该懂我的，所以我们的交流要保持在书面上，地点是楼拐角的电盒里！"

那时，我的激动是无法形容的，说实话，我不会想到一个几近不可能的童话故事会变成现实。她的意思我很明白，因为她的内向，所以不希望别人说三道四，我们之间的交流应该建立在书信的基础上。她会把写好的内容放在楼道拐角处废弃的电盒里，等着我去取，起码这是最令我自己满意的理解。

在后来的日子中，我的心里也自然长出许多嫩芽，因为我大多数情况下都会不自觉地朝她那个方向瞅瞅，直看到她在认真地听讲，专注地作答，我就会微微一笑低下头去。慢慢地，我开始佩服她的不动声色。但后来好像连这样一个细微的举动也被她察觉。在另一份信中，她提到如果我以后认真学习，我们就可以以学习探讨的名义面对面交谈，开始我有些难以理解。不过思索之后，我还是能够体会她的良苦用心。要一个不学无术的人学会去理解和关注一个品学兼优的人，我想是很难的，因为这就是隔膜，这就是距离。

之后，我信誓旦旦地向她下了保证书，并立誓自己要考入全班前五名。那一次,我很清楚她的回信只有简短的四个字:我相信你! 但是,我却一直为这简短的四个字拼搏着,努力着。

冰冻花开,寒消暑褪。青春的韵味一直散发在一个个承诺中,那时,自己尽管感觉累得生疼,但看看角落里静候着时光笑容伊人的她就索性擦干汗水继续努力! 直到月亮的眼眸不再疑惑,星星的眼泪感动成海。第二次模考时,我的名次竟一跃在她之上。她说她很惊讶,是的,这样的结果我自己也不敢想象。

就这样,初中的生活一晃而过。分别的脚步逐渐踏来,直激荡起我们心中阵阵涌来的苦水。我不敢面对即将踏入异地的事实,但还是拿定决心约她出来好好谈谈。不幸的是那晚的回信却石沉大海了,直到第二天上午班主任把我叫到他的办公室,我才猛地被惊醒。

面对笑容可掬的他,我不知道自己该如何解释。说实话,难免惹来一顿臭骂,说谎话,可能被批得更加残忍。那会儿,我实属一只无头的苍蝇,被曝晒在光天化日之下。在我忐忑万分之时,他的一句话震惊了我:"对不起,或许至今你也不知道,半年的光景一直是我在做你的她。"听了这话,我立马有些丈二的和尚。他微笑地看着我:"其实从你写第一封信时,她就没有看到,那天她的书掉在地上,我帮她捡书时那张字条掉了出来!"

听到这话,我的脸立即涨成了红薯,他却依旧心平气和地说:"孩子,我知道这样做有违一个教师的职业道德,但是为了两个前程似锦的花骨朵儿,我只好……但是,我错得很值得,不是吗? 孩子,起码现在我看到的是两颗色香诱人的雪葡萄,而不是两颗苦涩的青杏。"

那一刻,我真的想哭,想想自己当初的想法的确可笑,以自己当初的样子要是真的去向她告白,我想现在自己早已被打击得遍体鳞伤了。而老师以一个独特的"错误"挽救了我,也挽救了她。我强忍着泪水点点头:"谢谢您,老师!"

回到教室,她正过来问我将要报考的志愿时,我恭恭敬敬地告诉了她。她一时激动得叫了起来:"太好了,我们的目标一样,看来以后我们还是同学啊!"她转身离开,不知道为什么望着她的背影,老师的那句话又回荡在耳边:孩子,放弃一朵花,你将得到一个春天!

会有暗恋的种子
盛开满树芳华

曾经以为,反复地去琢磨一首歌,只是喜欢它唯美的节奏。轻快的韵律,很单纯的那种情愫。后来,青春攀上了风的模样,浅浅地在记忆旋涡路过一个人,她的嘴角扬起不屑的弧度,然后唱着你熟稔的歌曲,你的心就在那一瞬间埋藏了风的秘密,简单、甜蜜。

年少,星空曾是每个人的温情梦乡。星空下,月光流泻,点点飞萤在浅笑轻语处曼舞。偶尔路过,看见她洁白的长裙,看见她怀里捧着的图书,看见她粉红发卡上散落的桃花,心跳会不由得加速。那时,想去搭讪,却又怕惊扰了她,于是蹑手蹑脚地走过。之后不爱风花雪月的自己也会时常出现在花林巷陌中,很微弱的悸动。等,成了一个不开花的梦。

时常会去想,自己该以怎样的方式修补褪色的青春呢?

可能有这样一个平凡的早晨，朝阳倦懒地挪动。你在上学的路上看到她，偶尔去捡几片掉落的阔叶，偶尔会弯下腰来系好乳白色的鞋带，她的每一个动作都是那么轻盈妙曼。你偷偷地记录着她的微笑，像给感情制作着一枚枚可以溯源的标本，虔诚万分。

这些感觉由不得时间触碰，荏苒的光阴会将之浸泡成松软的蛀牙，时时需要保持警惕，这是年少的秘密，青涩却不乏韵味。

有时候，想躲在角落里，听阳光听不到的声音。心情会因为一个人变得沮丧，也会变得忧伤。暗恋的年华，有我们最为纯真的心声，澄澈如晴空，然而晴空却不懂。

静谧的午后，阳光投下橙色，制造出入梦的意境，托腮在一棵花树下，期望她会从这里经过，然后在树下乘凉，她会向你投来温柔的笑，或者在衰草萋萋的野渡，在颓废的篱笆脚下，这段心事都会成为一场酝酿在心底，久久期盼开花的梦。

我们曾用最严肃的心态去封锁内心的躁动，想必那些无法入睡的夜晚，都是因为有一个美丽的星空，然后星空里点缀着一个人的笑脸，甚至点缀着她未合上扉页的画册，点缀着一连串古色古香的音乐。许多年以后，拿起手中的纸风筝，才发现曾经有过一年，我们在侍奉着青春，殷切热忱。

有时候会默默地出神，苍穹投放出阳光的碎影。在斑驳辉映的角落，打开尘封已久的抽屉，会发现很多年以前朦胧的心事。后来，属于自己的那片天空已经失去年少的色彩了。在时过境迁的某一天，我们怀念青春，站在成长的田垄呼唤着如烟逝去的曾经。

许多往事过后，也有许多未知在前行。拿起炉灶上温度刚好的牛奶，铺上粉白色的桌垫，面对眼前熟悉而苍白的场景，心里兀自打结。时光消瘦了我们太多的丰腴，那些隐约的情话已失去过分清晰的骨架，变得不再棱角分明，但是回想起来，却不染孤寂，不沾忧伤。

　　站在另一座城市的街道,没有花柳,没有簇新的广场,也没有洁白如云的建筑。但我们懂得,那座离城埋下了我们最真挚的情感。时光寥寥无几时,它将变为透明的财富,和着走过的纪念,路过的爱,一场风月,一场雨雪,供我们微笑着回忆。

　　许多年以后,我们的记忆开始蒙上灰尘。但是,那段恣意飞扬的往事却在时光的模子里打下清晰的烙印。思念过一个人,暗恋过一段情,在若干年后都将成为成长历史中最盛大繁华的遗迹。而我们在满树芳华的故事结尾,听风轻轻过,雨轻轻落……

第二辑

那季落花不悲戚

锦年阡陌，有爱滂沱

做一棵不知名的种子

开在锦年的阡陌里

花儿向着根的方向

根儿插在阳光里

一半流溢着你的微笑

一半渗透着春的气息

等一分，等一秒

滂沱的爱里开满了星星

春花雨：你的爱捉襟见肘，我的恨富可敌国

三月的早春，没有星星。

寒潮霸占着大街小巷,冷面嘲笑着那些披着棉袄不敢出门的大人。

敢出门的往往是满脸涂着尿泥的小孩子,他们能把露水气得蒸发,能把月亮害得失眠。

我也是小孩子,可我的脸上没有尿泥,更残酷的是我不敢出门。

什么时候,前脚刚刚踏出门槛,后脚就搁在半空中了。抬头一看,自己飞了起来,你的手正握着我瑟瑟发抖的脚踝。求饶的意识还未形成,疼痛就已麻痹了全身。你的眼睛什么时候都是红的,明理的人不用扳指头也知道你前世一定是火神祝融,或许是因为触犯了天条而被贬到了人间。

被打下凡间的原因很简单:没心没肺的暴力。

四岁入幼儿园,你一步不挪地盯在门口。想逃脱但又无计可施的我气得晕了三遍。

五岁不午休,你让我饿得三天起不了床。

六岁考零蛋,你撕了我拼命收集的水浒卡。

………

疼,蝶折了翅一般的疼!

可是这些你都不知道,没有任何一种外力能让你醍醐灌顶。你不喜欢朝阳而喜欢晚霞,我知道晚霞在骨子里比朝阳多几分血腥。

也怪邻居王妈的嘴尖毛长,我的日记里刚有三天晴朗的日子,她的一番自吹自擂就招来了满天乌云。你摩拳擦掌地把一团惨遭蹂躏的纸摔在我的面前。

"你个臭小子,反天了啊!才九岁,就想找媳妇啊!"

其实这也不怪我,你说过你十二岁就往人家女生的兜里塞山楂,我只是青出于蓝罢了。

可王妈的样子有些令人作呕:双手叉着腰,嘴里露出满口不涨价的金牙,管不管你儿子啊,我的宝贝女儿如花似玉,怎么能看上你儿子那副鼻涕虫样儿啊,还有你啊,不要老是容忍你老婆纵容你儿子,那家伙人小鬼大,色胆包天啊!

她的一句色胆包天,你的一顿大卸八块,我的一场撕心裂肺。

下雨了,兮冷。

第二天,生病的我沾沾自喜,自以为能逃避几天老师对牛弹琴的日子,可是你用江湖上最下三烂的手段——绑架,将我生吞活剥似的从床上提到自行车上,然后又拉到班里座位上。

吓着我没事,可你吓坏了我的同桌。

她第二天都没来上课,说龙龙的爸爸是个杀猪的,样子凶神恶煞。

我呢!

我只能极力大吼:他不是我爸爸!

没想过要这样,其实这并不意味着我的绝情,有时候想不承认自己的血液里流淌着你千分之一的冷酷基因都不成。

现实的辛酸只能让我感受:你的爱捉襟见肘,我的恨富可敌国。

夏叶阳:我刚学会如履薄冰,你却又要韬光养晦

阳光穿透绿叶的最后一道防线,在满含燥热的街上洒下斑驳。

蝉鸣悠长!

你比我更加捷足先登,站在河边,老远就瞪着我现身的方向。比起那些能够尽情玩水的孩子,我收获的终是无止境的遗憾。

后来,一直没有学会游泳。

你的罪恶罄竹难书,书上说扼杀人类发展前景的一切举止,都是人性的践踏和性情的毁灭。

过十二岁生日的时候,你砸了我的生日聚会,理由荒唐得可以,喝酒

是坏习惯，不准养成。

记忆中再也没有参加过 party，因此背离了很多从小玩到大的伙伴，他们说我忸怩得像个小姑娘，要是有你一半的凶猛就好了。

对，为什么你那么凶猛，却要我乖驯？世态炎凉啊。

小卖铺的阿姨被作为地下党捉了，她经常卖糖果给我，躲避开你生锈板结的脸，我就能品味几回香甜，被情报局揭发，阿姨陪我一块遭殃。

更惨绝人寰的是，凡是我的任课老师都被你收买了，在学校里我像一个监狱的囚徒，在家里我像一个墓穴里的僵尸。老师把该浇灌给大家的东西一视同仁地强塞给我，人们常说被动接受的记忆永远没有主动记忆那么令人难忘。但是这句话在我身上变了质，我被你强加在身上的东西，永远成为了灵魂的枷锁。

雨是风的泪，落尽了一夜的忧伤。

每每幻想在雨里奔跑，但现实很骨感，接触雨的机会很少，你说下雨还往外跑的孩子没教养。

读了戴望舒的《雨巷》，从未有过的颓唐侵袭全身，自己身在北方，记忆里的雨没有温润的感觉，而且你的声嘶力竭又给记忆中的雨加染上了灰暗。

想要离家。

离开你去一趟雨巷……让雨一直下，给我干涸的心灵施舍一场甘霖。

外婆生病的那年夏天也下了雨，但慑于你的虎威，我没有回去。外婆在病楚里念叨我，几天下来瘦得不成样子。

害怕雨！

害怕太阳！

绿叶再度绿了阴凉，很多东西蜷在记忆里喘息。

我的画板多少次都空白无物，在你的杀戮下，我不知道生机是什么

样子,有没有姿态,有没有颜色,有没有温度,有没有呼吸……

渐渐长大的记忆让我开始考虑前因后果,慢慢地我学会了如履薄冰,但是你却开始韬光养晦。

秋露霜:降龙十八掌最具威力的一掌叫作龙龙听话

可怜九月初三夜!

露似珍珠月似弓……月似弓!

哎,月亮呢?

每晚在你鼾声准时响起的时候,我也就有了无限遐思的时光,准备异地求学,安睡的时间很少。

第二天拂晓,你起来看晨报。晨曦透过窗纱,席卷着几声鸟鸣。

我蜷缩在被窝里,把英文单词展成一排大波浪,下面颇有经验地放着一本《神雕侠侣》,你走近,我 T-E-A-C-H-E-R,你离开,我亢-龙-有-悔。

不知道你是怎么发现的,撞开门怒目对着我,我悄悄低下头去,把被子折好,乖乖地走进洗手间。

反正要走了!

去外地上学,我想你总不会一步一个脚印地跟着我吧,我想起一首诗里的语句:心儿永远向着未来,现在却是忧郁,相信吧,快乐的日子将会来临。

你把牛奶端到我面前:喝下去!

我喝。

你把电视机咔嚓关掉:看书!

我看。

…………

窗外,秋风再次邂逅了落叶。满城的萧瑟飘荡在一望无垠的碧波里。

要走了!

首次离家啊! 没有忧郁,满心欢喜。

去了异地,接触到一张张新的面孔,你的暴戾却常在我脑海中浮起,抹不去的回忆。

抹不去的回忆。

你把我送到车站,转身离开,目光很冷俊。我拼命地寻找朱自清眼里的那个背影,可是找不到啊。

母亲临别的告言夹杂着很多湿润的成分,而你却用厚大的手掌在我脑门拍了一掌,最后生硬地甩出一句:龙龙听话!

仿佛在你的眼里,我越来越小了,我一直是一个听话的孩子,不是吗?

列车摆开一排排行道杨,迅速地逃离了那个城市的视线,你们的目光被滚动的车轮拉得老长老长。

其实,真正地离开你监视的那一刻,我忽然发现身边少了很多的安全感。坐在空寂的车厢里,翻出那本打斗到一半的《神雕侠侣》,我忽然悟出了,原来降龙十八掌里最凌厉的那掌叫作龙龙听话。

冬雾雪:你是我的 Out man,我是你的小怪兽

望长城内外,惟余莽莽,大河上下,顿失滔滔。

山舞银蛇,原驰蜡象……

北国的雪是断了线的思绪,纷纷扬扬,天冷了,很冷了!

你说放假回来让母亲给我多添些衣服,从小不听话,肯定在外面更疯了。

疯了？

说句公道话，我的很多恶劣细胞早被你吞噬了，在外的日子很难萌生出什么不规范的行为。

这次回家，母亲碰巧回乡下探望外公，家里只剩下你。心中怀揣着的忐忑果然应验了，你开口的第一句话就是，这么冷不戴帽子，冻死也活该啊。

只是没想到，你家庭主妇的活干得很出色，我除了能吃到最爱的火锅外，还能让你一块陪着买衣服。

从小到大第一次。

你的眼光老土得厉害，试在我身上的衣服连售货员都笑得前仰后合。

徘徊到精品店，勉强挑选到你看得上的衣服，看看标签，我听见你的心在滴血，但是你一咬牙买下了，说暖和了就好。

暖和了就好！

想想小时候，你的主见往往很精明，但是时光的沙漏流尽、翻转的那一刻，没想到你的思想和眼光正在逐步地落伍。

用英文说就叫 Out！

在家里待了两天，临走时，你把大大的棉帽"哐当"一声套在我的头上，去车站的距离很近，你却蹬着自行车喘息了很久。

想起以前同桌说的那个杀猪的你，没想到现在除了个头矮了一截，居然连体力也赶不上我了。

雪雾一直弥漫，一路上你的牙齿在猛烈地打战，紫红色一直从头顶染色到脖颈深处。

我挥挥手，回去吧，我走了。

你依旧在凝望，依旧期盼滚动的车轮能够带走自己流转的目光，依旧希望用自己昔日的威严去震慑一只心灵受过伤的小怪兽。

期中考完试以后，我打电话向你汇报了成绩，你在电话那头不吱声，我最后加了句:爸,我爱你,然后匆匆地挂断。

五分钟后,母亲打来电话:龙龙呀,你干了什么,怎么让他哭得像个孩子似的!

什么？ Out man,你怎么了？ 我真的没干什么,什么也没干呀。

那季落花不悲戚

北方没有梅雨季节,却有落花。

是那种纷纷扬扬的姿态,奔涌在血液里的,仔细地听,却还带着某个人的声音。

我说的是温婉的声音,例如深居闺中的少女儒雅调琴,旋律和落花缠绵,影影绰绰。

我从天津辗转到大同,那是一段漫长的距离,可是有了落花,忽然就近了。

它是北方的雪,漫卷在狭隘的视线里,夜色是一个偌大的空间,仔细听时,身边没有了一切喧嚣,只有落花,只有它的故事。

列车的车窗固然模糊,撑开一个手印后,才发现外面的天地俨然全

白。雪，不是孤独的，它是每场回忆里的配角。生于北方的孩子，我相信雪花伴随过他们的童年。以往的雪花是冷艳的，它是寒风和冷冻的朋友。在许多孩子成长的经历中，父母是很少准许他们去亲近雪的。我不敢断然肯定这是一种溺爱，但我肯定这是很多人生命中留白的部分，没有色泽，没有回味，那么自然也无从谈及情愫。

然而，我对雪是有感情的。

母亲在电话里说，下雪了。我望着窗外，突然就沉默了。不幸在记忆里，我对雪的了解不足皮毛。好在它没有怪罪，还是沉甸甸地负坠在那一片温馨的乡土上。

现在，只隔着一道窗，好多人的目光投向窗外。列车平稳地入夜，若想，外面的落花思绪混乱，它们不知道这穿梭于层层空气分子中的目光，交织着怎样的感情。

诗人这样说，昔我往矣，杨柳依依，今我来思，雨雪霏霏。可见雪在众多人的感知里还是充当了苍凉的角色。它们是孤独的，无人理解，可是它们有自己的灵魂，那舞动的是青春，跳跃的是活力，翻转的是激情，落土后却是责任。

我曾这样想，若是我们身边突然缺少了冬天这一个客人，缺少了它带来的殷实厚礼，那样我们的生活又是怎样的呢！没有人因雪天路滑而少去开车，没有人因雪降天冷而静立窗前。生活的放肆带走我们太多应该保留的迟钝，利益的驱逐又谋杀了多少平心静气。

幸然，我是赞美这落花的。

它们从天外来，没有涉及丝毫尘世，偶然有片雪花恸哭了，那也是人类趋利避害而进行的一场绝密的阴谋。

眼前，一位慈祥的母亲轻轻地抚摸着熟睡婴儿的脸庞，我想，她是和我一样敬畏这落雪的。在穿梭和伫立前，在每一秒远去的时光里，落花谱写了生活的诗，然而这普普通通的慰藉，却是幸福的全部代价。

天明，我拉上窗帘，踏上这漫天的繁华。转身，背后还是层层的灯火。手中不再沉重的旅行箱，拉开了冬天的尘梦。

电话里再次传来母亲的声音，我抬头仰望，天空之城很安静，很安静。

是的，那季落花不悲戚！

青春那年，思念悠远

从未与青春谋面，但影子却留在了身边。没有刻意地注意过年少的时节，是长着风的模样，或是有着雨的姿态。只是铭记着一个禅深的夏天，总爱踮起脚，触摸头顶上的一片绿叶，欢笑着摘下来，却抖落了满树的阳光。

披肩的长发总会有茉莉的清香，微风中拂动的长裙，光洁得没有一个污点。在意别人的一句玩笑，也在意绿荫下的你侬我侬。总幻想蝶的生活，在阳光下比翼，不会孤单，不会没落，幸福得有些忧伤。

喜欢站在阳光下看海，听云集的鸥鸣激起潮水的咸味，每一阵清风拂来，都会陶醉得目空一切。沙滩上的贝壳，捡最美的一枚，有彩虹的颜色，有阳光的香味，然后屏上呼吸，想想不在身边的他，总感觉有些孤单，也有些遗憾。

　　站在南方的小巷,雨中,不在意空气的潮湿,整片天空都是自己的,手中的相机,定格下的每一个瞬间,都含有一处残破,一处生机。快门上的水珠,是永远风不干的记忆,站在雨中想着雪花,想着冬天里他微笑的弧度,想着雪人怀里,捧着那本没有写满的日记。

　　每天在阳光里惺忪,揉揉眼睛,打发早间时光的只是巷口的那一摊炊烟。坐在角落里,不在意别人惊异的目光,大口大口地嚼着油条,借一口豆浆下咽,打嗝了,不理会风的玩笑,不理会云的惊讶。提着小包一路小跑,跑进班里,同学们借着空子捧腹开怀,笑自己下巴上的残渍,笑自己脸上没有涂开的粉脂。

　　板书上的字迹,每一个都让思维停滞,干脆摇摇同桌手臂,让他坐得直一点,给自己撑一面小憩的挡风墙。在梦里,单车上的他没有听到自己的呼喊,于是生气了,大捶桌子,一半的课程戛然而止,老师喷喷嘴巴,示意站在后面。在别人没了眼睛的笑容里,也只能悻悻地吐舌怄气。

　　有时候,总要像角落里的一个位置瞟去几眼,看看他纤尘不染的目光,看看他暖意融融的一袭白衫,然后莫名其妙地笑,被同桌归为神经挫伤。一噘嘴巴,发誓不再理他。同桌知道后果很严重,就眉开眼笑地递来一半的果汁。就这样被收买了,没有更多的想法。

　　一样的花靴,系着不一色的鞋带,一根挽着清风,一根系着明月。

　　痛恨作业本上的日期,无休止地蔓延,喜欢在背地里捧着偶像的照片发呆,幻想爱情出现的那一天,希望一个人,他骑的不是白马,而是单车,他不是王子,但有王子般迷人的眼球和白皙干净的皮肤。他可以站在树下,陪自己数满天的繁星,可以在失落的时候,陪自己唱那首老得不能再老的歌,他的微笑就是一剂良药,可以让自己在生病的时候,不去面对白大褂的寒针。

　　听说好友有过一次捧着花看韩剧的浪漫经历,心里羡慕不已,总缠着身边的人,或班长,或同桌,让他充当一回捧玫瑰的人。并肩坐在银幕下欣赏爱情肥皂剧,有感伤怀的情节,哭得梨花带雨。同桌的他满脸茫然,自己却独生闷气,抱怨身边坐了一个木头,不懂得安慰自己。他满脸无辜,自己只好开怀大笑,没心没肺。

与朋友相聚,尖叫声卡住了声带,放肆着一首首寻不着原味的歌曲,笑得岔了气。每一秒的消逝都会有一段甜美的记忆,踩在树荫里,听风铃漫歌,脑海中构思着一幅幅偶遇的图景,感觉不到自己幻想的离奇,也感觉不到自己心跳的蹊跷,总是很得意,很得意。

如今回首,桥头的雾渐渐迷离,在青春渐行渐远的步伐里,努力地回想那年的月光,青春已如流淌的歌,在指尖,在耳畔,也在心间,流淌,悄无声息。

在风花雪月的流年对白里,翻着一张张单薄的影集,青春那年,思念悠远!

他微笑里的春天

搬进小区以后,出门的时候很少。遇到老任是在一个闷热的下午。

母亲老是抱怨,一个老大不小的人了,总是不懂节俭,身上的衣物旧

了就换，破了就扔，有些东西修一修，补一补，完全可以完美如初的。

我应了母亲的话，将脚上磨了后跟的一双皮鞋带到楼下。经久不出门，太阳浑噩的光晕搞得人一阵头晕目眩。出来小区口，我径直向东边老任的摊位奔去，母亲说他人好，心细。

一开始我们并不认识，他微笑着向我打招呼，问我是否需要帮助，看着他向日葵一般的笑容，我浮躁的心开始平静下来。他听说我要修鞋跟，也不急，侧着身子从座椅旁取出一小袋小花茶，然后小心翼翼地撕开，再用一次性纸杯倒上水化开，双手端过我的眼前：品些吧，清热、解暑。

我谢过他之后，他也只是淡然一笑。有热情、有坦然，更多的是岁月涤荡过后的波澜不惊。他静坐着不动，两只手伸出来让我拖鞋，然后从身旁给我取出一双绣了花的拖鞋，很干净，还暖意融融，浸了阳光的味道。

喜欢他的样子，安静、笃定，又不失春天般的温情。

他修鞋时，并不急切，一针一钉都是很认真利索的。在我赞赏的目光下，他开始为我讲起来了他的生平。他是老卫兵，还参加过抗美援朝战争，那时只有十几岁，可是就争着要参军。说到战场上杀敌的时候，他又不失满怀的自豪，说到战友牺牲时，也不免平添了几分忧伤。

之后，他又提到了他的儿子，说三十出头了，也不思慕人家，整天缠在他的身旁，说要照顾他一辈子，这样的孩子真替他操心。我听了愉快，我笑、他就笑，没有逢迎的意味，自然、朴素。

在谈笑中，鞋子已经修好了，穿在脚上平滑、舒服，真的完美如初。我着急要给他钱，但是掏出来没有发现零头，他很认真地说：算了，年轻人，你这么大的钞我可找不开，再说了这么点小毛病就不用给钱了。我说那怎么可以呢，他说开个小摊，一是为了打发时间，二是给别人提供个方便，仅此而已，他就很快乐了。

看着他真诚的目光，我的心里不禁热腾腾的。

谢过他以后，我向他道别。他微微地点点头，让我慢走。回到家里，我满脸阳光地向母亲说：老任那人，真好！

母亲却显出几分不安：唉，一个苦经生活磨砺的人，只是老天对他不公。我在惊讶中得知，他曾在战役中失去双腿，唯一的儿子也在当兵的途中患了眼疾，最后完全失明。他并不诅咒生活，而是感谢上帝带给了人类每一丝光和热。

再去还钱时，天就下起了小雨，轻盈的雨珠划破沉闷的空气，清新、扑鼻。

出了小区口，老任已经收拾起了摊位。一位头发花白的老妇人，提着他一箩筐的工具，他的左手拉着一个高大的中年男人，而中年男人的背上赫然背着截了下肢的老任。他们不紧不慢地走在微风中，三个背影铸起了一个灿烂的春天。

雨中，他们的微笑，倾国倾城。

天空还欠海水一片蔚蓝

氢气球滑脱指缝的刹那，已是转身天涯。我们都无奈地注目着天空偌大的身影，一些事，渐渐模糊。

记得，总不愿别人把我们说成小孩。你玩转着手柄游戏，一关一关地闯，不厌其烦。甚至，被夏天的溽热教训得死去活来。你仍旧开怀地笑，还说，天空就是你，你就是天空。

四季已没有明显的区分，这只对于你来说。只有光阴会保证，满脸不屑的你，不会玩物丧志，而是将活得有棱有角，正如你所说的，你要改变大地。

我要说的是，未来，也许只是一连串的密码，它可能和天空一样的蔚蓝，可能和海水一样雪白，甚至和街区拐角的修鞋师傅一样，面黄肌瘦。只是现在，我在远方漫步，潮水汹涌着，让自己无法辨认心跳和呼吸，你呢？

那个旧时钟，搬家的时候遗失了。我想现在还可以听到它千篇一律的轰鸣。郊游的时候，你总是把它放在身子的右侧，它的右边是我，紧张而呆滞的表情，夸张而又懒散的动作。不知道青草地是否禁得住一群无知少年的翘首弄姿，只知道你一个劲地摆弄老式的单反相机，为了拍下青春的模样，我们随意捕风捉影，到最后，连黄昏也累得满脸忧伤。

可是，那个慵懒的梦被骤然惊醒，才发现留在原地的只有背影。

现在，我在南方看海，没有你，朝阳席卷着整个氤氲的空气，潮湿地漫向心底。你在古希腊神话里见过的那一幕，公主被魔法囚禁在海底，王子要通过一座移动的岛屿，穿过海之心，口含冰露去吻醒公主。我穷尽了视野，没有岛，只有风，没有浪漫，只有孤单。

一个无计划的旅程，时间没有仓促感。生活是有预谋的，它在镜子里偷窥到羞于外露的眼圈，昨晚，我睡得很迟，没有你在隔壁的鼾声，心里很不踏实。只是不确定，黑夜是否是你黑色的眼睛，窗外只有一颗星星，指向北方？或者你的驻地！

我吃了江南的蜜橘，软软的，剥掉皮就是我们的秘密。可又发现，自己不敢轻易多吃，你说的，要一人一半，现在找不到另一半，我想我不会心安。七年前，你得到十个蜜橘，悄悄地留下两个，事后，闹肚子不止的你，面对医生苍白的叮嘱暗暗发誓，以后一定要把多的那份留给丫头。现在，我只有忐忑地把秘密包起来。擦掉凌乱的指纹。我想，等你回来！

天空，开始变得蔚蓝。你说，你就是天空，天是天天快乐的天，空是空视忧伤的空。

当你再度提及年龄的时候，我们都已默默无语。多年前，你幻想自己长生不老，你说你不相信老去。若干年后，我还是我，你还是你，我们之间的距离只隔着一尺一寸的呼吸。对啊，天空，你是天空，我永远在你的视线里。满天绚烂的霓虹，一地烂漫的花雨，我藏在哪里，你都会找到我，然后对视，笑，简单得意地笑。

去广场的小路，已忘掉了大半的风景，只有一棵木棉，燃烧着空气中阴沉的分子。有孩童吹出来的皂水泡，一高一低，顷刻间，缠绕了所有的枝丫。从他的眼眸里，我看见了缩小的你，一样不羁的脾气，一样顽劣的裸笑。那时，你说，快点笑啊，笑死了人，算不上谋杀。

我总幻想，时光可以拧成一根粗粝的绳，一端捆着你，一端系着我，这样无论多远，我们都不会迷路。

天空，在我想竭力拥抱的时候，你却远了。我不记得海阔天空的远行，是否背负着彼此的承诺，有孤独，有失意，有艰辛和不弃。你所坚持的香甜的梦，是否依然有世故的屏障遮风挡雨。我却悄悄的，在远方等待盛开，然后荒芜。

也许你不再固执地说，丫头，相信我，我会一直保护你。

在匆忙的行人里，抽不出踮起脚回望的时机，我们都在远行，齐额的发丝延伸到眼角，我知道，就此看不见你，胖瘦不晓，冷暖自知。当思念牵绊脚踝的时候，就使劲地睁大眼睛，以免泪滴肆虐。

昨天，我瞧见一个在沙滩涂鸦的孩子。陪在他旁边的是他的妈妈。他把沙子细心地堆成小丘，然后一铲一铲地运在玩具卡车上。他们远去

了，我不知道何处是终点，但他们相守的时光，将会经海浪的冲洗，变得更加鲜亮。那是两代人之间的交流，有时觉得，同龄的我们，也像有了时空逆转的间距，你在我的心里长不大，或者我在你的心里，永远是那个孩子。

你说，你是美食家，可以品味一切香甜。并肩吃晚餐的时候，被螃蟹吓得号啕大哭，其他人没心没肺地笑，你偷偷地看我。我不知道你怎么想，只好摆出一副若无其事的样子。坐在星夜的秋千下，你义愤填膺：哼！有什么了不起，我一定要亲手捉住一只螃蟹让你瞧瞧！我笑，你也笑，把尴尬化成一片漆黑的夜色。

纪念秋风中起舞的蒲公英，带着紫丁香忧郁的清芬，飘向远方。我已挽不住你的身影和节节败退的模样。

刚刚分别的时候，你倔强地跺着双脚。最后一次放风筝，可是风强劲得恬不知耻。那刻，我感觉自己就像乱空里挣扎的风筝，不知道前方是何处。你努力地控制着手中的线，可最终还是断掉了。只是，我们不懂，这是流年里最残忍的瞬间，自此，咫尺天涯。

天空阴霾以后，我是风呢？还是雨？或是难以割舍的四季？

你喜欢永久地占据这块高地，十岁……十六岁……二十岁。为了儿时那个单纯的怄气，你说：不敢吃螃蟹怎么啦？等我长大以后，就变成天空，那时，你骑单车摔跤的场景就会被我一览无余了，我还会知道你数学填空题的答案，当然，我也会阻止你和其他男孩子交往……

我呢，也不愿再做医生，记得十二岁的那场病，你因为吃了我秘密配制的"灵丹妙药"而上吐下泻。我在你的床前害怕得哭了。听你交代完自己脆弱的"遗言"，我明白，我是你十二岁时喜欢的那个女孩。而现在，握在手心里，碎成两把空虚的汗。我在等啊，若干年后，你重新回来交代这样的"遗言"，心碎也好，憔悴也罢，或者吃下我手中的一粒砂糖，对着远方，甜到哀伤。

慢慢地,走在雾霭沉沉的长堤,月光侵蚀了年少的脸,模糊得分不清模板。我在细心地拼凑一块破碎的青春,将之粘贴在相识的一栏,标题是天空。

天空吗?好吧!

请允许我的思念化成一片海水,去衔接远方你空缺的蔚蓝,即便就此错过,也能高唱出可惜不是你的洒脱。

晚风,依然寂寞。

…………

我和你,以及摆渡过的晚风

指针只过"十二"的边缘,不过十三,从来不过。

过了十三,就痛了,超越了这个世界生死的边缘。冰泉冷涩弦凝绝。

生命空洞洞地行走,没有回声,滴落也悄然。所有耳畔、指缝、唇间、眉宇淌过的时光,渗进了海绵,找不到记忆,也无所遁形。

很早很早以前,没有大体的记忆雏形,我是一个被空气冷落的孩子。蹲在夕阳下,古道边,默默凝视被夕阳染成残红的天。

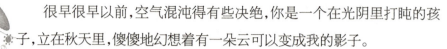

很早很早以前,空气混沌得有些决绝,你是一个在光阴里打盹的孩子,立在秋天里,傻傻地幻想着有一朵云可以变成我的影子。

于是,我们相遇了,这一切不为人知。

天知,地知,你知,我知。

像一只找不到母乳的羔羊,我曾被丢弃在那个城市荒老得发霉的铁路口,默默地和你赌气,你说,咱们走着瞧,看谁先奔跑着找到黎明。

我在虚脱的刹那,浑身痉挛,借着一抹柳荫,苟延残喘。你说,不行,起来,再跑,跑过这座山,还有那条河,还有那亩田,还有那个农场,还有那片草原,还有那个池塘,还有那潭沼泽,还有……

经受不起你的摧残,我开始屏住呼吸,闭上眼睛,再次冲向风中,可是,稻花香、青草香这些都不属于我,你说,属于我的在前方,不要留恋身后。

我开始恨你,油然而生的恨。

你没有给过我朋友的温馨,而是让我感觉到了这个世界的阴冷、苍凉和恐怖。

做了一个梦,我终于累得躺在了原野上,那一晚没风,没星星,没有淡淡的月光。阳光好像故乡的灯光,照得我眼睛有些酸涩。不一会儿,亮晶晶的东西流出来了。我只知,我在怀念从前,怀念那段没有遇见你的日子。

别说我们青梅竹马,我怕被人耻笑,你是否有虚荣心我不明白,但请原谅我,原谅一个少年没有泯灭的自私。

想起了厨房,妈妈放在碗橱里的那一摞酥饼,想起了班里,自己暗恋的那个女生穿着一袭白衣,洁净的面庞上印着六月的米兰香……可为什么一想到那些,你就会笑我,我真的讨厌你的笑,无缘无故,没心没肺。

很多搁置在草地上的欢笑被偷走了。我在月光下寻找那个贼,想象着他的样子,一身黑衣,蒙面,眼睛里有一把刀,可以把秋风雕刻得瘦骨嶙峋，然而大摇大摆地走过牧羊犬的身边，把它的晚餐偷走，看它无奈地摇尾巴，叫喊声撕裂长空。

没想到，这不是一个想象，是一场以你为主角的阴谋。

你是那个偷走我昨天的人，还偷走了池边的蒲公英，偷走了雪地里的脚印，你啊，为什么要这样做。

让我想想，你在初一光顾了一家商店，带走了那里很多值钱的东西，你有同谋，他们的脸上有无法隐匿的狰狞，你在十五掠夺了一个妇女，她的荣誉，她的光纤，她的一世英名……

你很惊奇，你知道我发现了你的秘密，你坐在了我的身旁，很安静，不与人语。我悄悄地看眼前一朵桃花的蓊蓊郁郁，嗅一张蔚蓝信笺的缕缕幽芳。你说，走吧，我陪你，去摆渡烟波江上的那一场晚风。

第二天，你说你将要离开我的身旁，不含忧愁，不诉离伤。我暗自窃喜，如果你真的离开，我的生活该多么自由和浪漫，放浪形骸之外。

你是一个有预谋的政治家，眼里流几滴虚假的泪，便决定把世界出卖。我发现了，你的话只是一个谎言，你仍旧在暗中跟踪我，限制我的自由，破坏我的美梦。

终于，忍不住了。

我把你一把从墙角拎起，说，快告诉我，你叫什么名字。

你哆嗦着，眼神游离不定，还说如果告诉我，请我不要难过。

什么，你说什么？你有三个名字，正名：时间，别名：光阴，英文名：time。

我茫然，听你哭诉衷肠，你给我生动地讲述了把一个小姑娘雕琢成风烛残年的老太太的全过程，你哭得那么无奈，你说这不怪你。

我哭了，不想听你的一切辩解。枉我把你当朋友一场。

转身后我蓦然回首，发现你又缠上了一个孩童，理由还是那么荒唐，你说你要陪他一起摆渡烟波江上的那一场晚风。

你……住手！

屋檐有雨,叩响心扉

　　一下雨,就会想起老家。

　　常年外漂,下雨的时候,很紧张。几处破旧的砖瓦房,算不上古迹,却也上了岁数。雨水会夹着泥丸从堂屋的房顶一直顺着内侧墙壁倾泻,斑斑驳驳,像灰黄的干漆一样留下几道,这时候,心就皱巴巴的,也像是被这雨泥侵蚀了一般。

　　旧的院落一直是那个旧城镇的象征,灰黄的土地,瓦蓝的天,不变的是初衷,有物的简单,也有人的淳朴。然而,现在回想起的一切都那么清晰,仿佛都在眼前,像这窗前的雨,滴进了眼眶,酸涩了眸子。

　　儿时,总喜欢裸着肚皮在骄阳下疯跑。院子里的东西两面种满了玉米。雨过后,刚刚有了棒子,两米多高的苗子能遮盖住整个黝黑的人。母亲唤我时,躲在地里不出来,等到蚊虫叮咬时,差不多就刨出了十条蚯蚓。这细长的虫子是用来捕鸟捕鱼的,效果很明显,麻雀往往会乐疯头,大摇大摆地躺在竹匾下找猎物的下口处。几秒后,黄风一过,支框子的短棒被绳子牵跑了,这些贪吃的鸟也就蒙了。这时,最乐的是孩子们,他们可以完全不顾身后火冒三丈的母亲，一溜烟跑出家门拿着猎物去眼红其他的孩子。这么一来二去，孩子们就粘在一块了，好事不做，坏事干尽。

当然这是大人们眼中的顽童，我是个乖孩子，邻家的王姨常这么对母亲说。那时候，我的活动范围并不大，除了一片玉米地就是屋后的杏树林。中午这些地方虽然有树影投下斑驳，但是大人们往往声嘶力竭。镇里的孩子，中暑是常事，拉肚子也不罕见。如若不是一些"严母"山妹一样的嗓子，那么这一天，孩子们可以忘了吃饭，直害到天昏地暗。

记得卖冰糖葫芦的会推着车子经过老屋。这也是我记忆中最值得期盼的东西。时间一久，我们可以推算准阿姨的叫卖声什么时候响起，今天会走哪条路。于是，三三两两积在路口，等待一拥而上。其实每支冰糖葫芦都是一样大小的，一根棍上串了六个涂冰糖的山楂，个头从大到小排列。虽说一个样儿，也不知道为什么，那时的孩子总觉得先拔下的那支在个头上占了便宜。

有时候，大人很讨厌孩子们的馋嘴，偏要让急得满头大汗的孩子在地上打几个滚，出几回洋相才肯罢休，现在回想起，这些记忆都是美好的，如果过往的日子失去了那些激荡，像湖面一样波澜不惊，我想童年的记忆也许就在这一块地面上褪了色，消了气。

每当七八月，烈日稍微会和秋高气爽妥协一阵子。孩子们将战略目标转移。镇里有专门一块杏林开发地，老屋正好蹲踞在杏林的边上。伏暑一过，杏子含笑缀满枝头，我们的脚步往往会踩在大人们前头。攀上树，三个一伙，两个一群，各自施展武力把杏树折腾地七零八落，杏子掉了满地，大小不一。被我们肆虐过的杏林再也成不了生机了，后来大人们赶到，气得脸红脖紫。但是我们相视一笑，拍着屁股散了去，任他们对着脚印骂祖宗。但后来，我们都能逃脱罪责，原因很简单，我们是一群不知天高地厚的孩子。

不知道天高地厚真好，没有压抑，没有顾虑，春风沐浴，冬阳洗脸，挎个灰蓝土布兜,装了熟鸡蛋,一路小跑,去了学堂,老师半晌才进门,似乎永远没有迟到过的日子,尽管那时,没有一点压迫。可是,多年以后,走在一条风雨泥泞的陌生大路上,却要时时瞅着表,生怕误了时间,误了光阴。

…………

很多很多年以后,仍旧在衷心地祈盼着雨,祈盼着雨中的记忆。阳光燥热的日子,灵魂就丢失了,于是钻在激流勇进的人海中,苦苦地寻觅,寻找那份清凉,寻找那份静谧。

于是,再也不会担心老屋漏雨了,仿佛也只有这雨来了,心才不会皱缩。想着,愿着,屋檐有雨,叩响心扉……

于是,盼一场雨,盼一场雨!

烟花散落了风的寂寞

听说风和云相恋了,被遗忘的你化为一滴感伤的雨。

在那个苍茫的时节,我们相遇,彼此蓬头垢面,没有欢笑的情节。只是擦肩而过的一个瞬间,我丢弃了前世的五百次回眸,记起你眼眸里的故事,纷纷扰扰,找不出干净利落的影子,我的心为之一颤,我知道你是一首脱离大自然的歌。

在这个季末遇到你,冷冷的一袭白衣,衣袂里飘卷着夕阳的忧伤。你的微笑里,有夕阳纯净的色彩,是比呼吸更为久远的一种声音,让我们熟识了彼此。在郁郁寡欢的时节,心跳有些莫名的急切。你说,你在等一场晚风,风里没有伤痛,没有黑云压城,风拂过脸颊的时候,甜甜的,蕴含着茉莉花的清香,让人舍不得呼吸。

我们就这样等在地铁里,等在这个季节的余音里,等在一片片飘零的黄叶里,等在一场场融化的落雪里,你的影子渐渐地消逝在风中,夕阳下的轮廓变得几分蜡黄,偶尔,你会转身看看我,用我满脸的茫然化解你唇角结起的一丝忧郁。

也许,很多很多光阴都会姗姗来迟,秋露结成冰霜的时候,你的睫毛唤来了白色的精灵,他们是从遥远的地方来的,可爱灵动。你用指尖划破黎明,露出东方柑橘色的黎明。朝阳羞涩了,矜持着步子迈出门来。这一天风和日丽,你依旧舞动在阳光里,等一个不会出现的身影。

时间还早,盛夏的花香吵吵闹闹,你开始驻足停留,摘一株嫩绿的青草。你说盛夏会有很多很多幸运的故事,比如那个被王子吻醒的公主,比如那个得到爱情的罗马绅士,你会像他们一样,找到一朵结满浪漫的蝶恋花。

陪着你等。

夜色渐渐围拢,想起了烟花雨,想起了烟花巷。我忽然欣喜,走吧,我们一起去看烟花。

你的眸子闪出点点泪花,夜色中迷离着萤火虫的光芒。但是,我几乎听不到这个季节的丝毫声音。

转过身,呼吸骤然变冷,你走失在这个冬天,像一只飞远的蝴蝶。悄悄地凝神,听云朵飘过,听雨丝滑落,然而却听不到一场风的寂寞。我明

白了,你真的来过。

顿顿神,整个季节已经漫过,我挥手,烟花散落,烟花散落……

一滴哭泣的雨

雨是谁在哭泣,风是谁的泪痕。风雨凄凄的日子,盼望谁在这朦胧里相逢。

梦中轻舟,渔灯寂寥了深秋。舟中轻吟,歌声静默了街头。红枫片片,哪一叶可以倾诉衷肠,流沙莹莹,哪一叶可以流尽思念!

托梦深秋的雨,仿佛每一滴都哭得伤神。曾几何时,该去挽留她的一抹冰冷。文人愿把她拟作一条朦胧的彩虹,或许不单单是她晶莹动态的形,更在于她楚楚动人的神。若不是跳动的泪光,谁又能称她为柔弱中外带的孤伤!

凭栏远游,看着茫茫人世。一个飘向远方的神色或是一句残缺不全的嘱托。借着雨中孤飞的轻燕,或者许多情衷它已经不动声色。无论浮沉,无论恬然,哪滴雨可以惊起睡梦中的涟漪。

撑一盏纸灯,或檐下、或廊中,简单地听听牡丹的声音,不必迷溺于纸质风韵的夜景。大多时候，缠绵是静默的借口，于是我们可以窥视这雨中的花骨朵，可以想想雨中挣扎飞起的纸鸢，这又是怎样的一种梦境。

偶尔，放目远望，夜幕浓重的纸窗，穿透了屏障。雨是轻步来的，袅着身子化作一朵朵无人问津的忧伤。多数时候，对于说不完、道不尽的解释，她是不会怀着兴奋与悲怒的。漫天针花，飘浮与沉降岂不是灵魂与内心的纠缠。

雨，终是无声的。即使是沉舟侧畔的重复，或是铁马冰河的孤独。倘使爱到了深处，痛到了心口。眼无泪、心无尘。她只愿静看流云飞渡，忖思红树漫舞。没有哪一夜的冰霜，可以冻结她毫不愠色的风度。

想起了一个人，记起了一阵风。一滴雨便是一种深沉。没有什么伟岸可以用清纯说话，没有什么寄托被沉默打翻。乱云撩叶，纷扰了慌乱的季节。看霰珠尽落，却当不起千层烟波。也许，唯有一种宽博，可以纳入生活。

润物无声，随风入夜倒是道尽了她的姿色。只不过，美轮美奂的烟中楼阁，巧夺天工的廊宇亭榭更是她的衬托者。可以用一种审视的目光感受一种落魄的惆怅，但是谁又能用一种迷惘的心态去忖度一种睿智的力量！直到看尽万千的花凋了、开了又谢了，她也不会惊慌。

于是，在这夜里，揣着平静的心寻找一种志忑的生机。雨是谁在哭泣，风是谁的泪痕。风雨凄凄的日子，盼望谁在这朦胧里相逢，盼望谁相逢！

一莲幽梦

我，不是江南的人，却时常做着有关江南的梦。

多少次徘徊在时光的缝隙，总能感觉到一股柔柔的清风，浸着氤氲的水汽，甜甜地扑面而来，我不懂得陶醉是怎样一种高深的境界，但总能感觉到这温婉里带着与血液相融的分子，渗透皮肤，一直融化在心里，让人感觉麻酥酥的痒。

记起江南的印象，也总是水做的一方梦境。如花的女子，似水的空气，朦朦胧胧的月光，倾泻在一片淡绿色的微波上，一切仿佛都是灵动的，姑娘眼眸里的波痕，男子嗓子里的温润，让人难以想象到粗鲁的场面，就算强行捏造一份躁动，也会被眼前的花香冲淡于无形。

听友人谈起南国，心里的弦就不自然地被撬动，发出一种闷声的渴望。多少寄情于山水的诗人墨客，她们渔樵于江渚之上，面朝山水，春暖花开。挥毫泼墨，清新洒脱。我总是在暗地里默默仰望，默默觊觎，默默酝酿，希望有一天，江南的烟波可以载着我向着春风大醉一场。

在一段生动的语句里，看到一处关于莲的描写，印象不太深刻，心思却被那朵莲扯去了。

莲花生在水性的江南，红掌拨清波，倒是这样的诗句用在莲花身上更为妥帖。那纤纤的红酥手，扶起碧波里的一抹娇羞，不骄不艳，不俗不素。文人笔下的莲花也美不胜收，诗人余光中曾这样写过：夏末秋初，已凉未寒，迷迷漾漾的雨丝，沾湿了满地的香红，但不曾淋熄荧荧的烛焰。古人涉江采芙蓉，所思在远道。看来，这芙蓉的妙处，不仅是装点在人间的一眼芳华，更是绾结在心间的一朵奇葩。

于是，莲花不仅搭起了我未来的梦，也唤醒了我年少的歌声。

听外婆说过莲，年幼时总把它幻想为一块年糕模样的软糖，方方正正的，上面撒满了芝麻，偶尔还幻想着它裹满奶油，味道出奇的诱人。于是总是盼望得一块莲，得一缕勾起口水的香氛。但不知，岁月冲破的无知是否会因贪吃的年月而感到羞赧。总之，心里对莲的钟情仍旧一如既往，甚至又深了数尺。

在乡居住的时日，土屋面山，我们日渐被土气蒸熏成顽劣。土生土长，与水火不容，我想我内在的木愣愣的情感也是缺乏水汽酿成的。有时感觉自己成了一尾鱼，在脱离了绵柔和温婉的水质后，只有凭空挣扎的份。好在莲花没有生长在土里，这也许是自己衷热莲的另一个玄机。

说爱不需要理由是荒唐的，但真正要找一个对莲垂慕的理由却又很牵强，莲有太多的外在，也有太多的内质，不容细说，也许会是说不完的好。"出淤泥而不染"不错，"香远益清，亭亭净植"也不错，莲着实长在污秽里，它不懂得娇生惯养，不懂得矫揉造作，亦不懂抱怨自己的出生。污泥虽陋，却是孕育魂的场所，腐殖虽败，却是塑造精华的境界。外部的环境没有给它以压力，而是给了它动力，这些你懂得，我懂得，却有很多世人懵懂。

江南的雨，细软软，温绵绵的，洒在一池青莲上，洒在一塘烟波上，而它的最终归宿却是落在了无数思客的心头上。江南人士亦好，江南游子也罢,江南梦客也好,当六月的艳阳洒满燥热的时候,当高阔的晴天满布乌云的时候,当远方的月亮蒙上细纱的时候,当人生的道路扬满沙尘的时候,当未来的日子充满迷茫的时候……他们都会想到这纸质的地方,想到这涤净灵魂,清洗燥热的地方。

一场落雪,天寒地冻,万里冰封,我不愿自己的思想也与这万物一般长眠一冬,我想找一个属于自己的地方,没有喧嚣,没有浮躁,没有繁华,没有斗争,仿佛一个烟雨巷,仿佛一个莲花渡。

做一个莲花渡里的人,做一个拥抱江南的梦,不载世间的一切消沉,只载这一船清风,一莲幽梦……

月光漫过年少的阴凉

闲暇时,神经也跟着慵懒起来,眯起眼缝捕捉小窗射进来的一米阳光,总感觉温馨,有那年的甜绵。

少时,还跟着母亲乔迁,过了一站,就会瞥几眼过往的邻居,别开生面,日子一久,熟络起来,街坊大抵是这样,一回生二回熟,因此在别离故乡的岁月里,欢乐并没有失去多少。

七岁时,即便入了学,儿时的学堂无我相,无众生相,疯狂得有些残忍。记不起挨过老师多少的板子,但总会记得有一群"同生共死"的玩伴,在风云岁月里,将校园江湖搞得腥风血雨,鸡犬不宁。日后聚在一起,大都记不起儿时的老师了,但说到与自己抢夺书包里苹果的同伴,却记忆犹新。

幼儿园犯下的罪行,罄竹难书,但大多是被岁月原谅了的,幼年的青春,只当是一场耳边刮过的微风。

记得巷口菜农老叔,总爱唤我"偷萝卜的灰小子",当年不服输地骂他,跑远,再骂,接着逃,如今却是希望再听到他那含糊里夹杂着抱怨的声音了。老叔笑笑说,转眼即长大了,没有孩子们顽皮的岁月还真的百无聊赖。我苦涩地笑,努力地拼凑记忆里的那场偷萝卜计划。

二毛家是卖烤红薯的,我们九岁的那年,他七岁。为了诈骗到诱人香甜的红薯,我们到处拎着二毛疯玩。那样的友谊并不微妙,甜薯一旦供应不足,二毛就得含着手指头远远地奢望我们能带着他了。

那时候,玩得并不快乐,也许是良心的花种子正在萌发的缘故。

上了小学时还和老师顶嘴,丢下一堆作业逃课疯玩。但年少的心,又怎能体会老师恨铁不成钢的心情。表面循规蹈矩,暗地里偷偷放火,一路到了初中,仍旧漫无目的。中考场上丢盔弃甲,越来越偏离人生的航道。直到高一,才遇到了一位和蔼的女老师,她鼓励我热爱文学,坚持朝学海奋进。

也记不起有过多少次被鼓励的场景,但是那位老师的话却让我深深地铭记于心,她是我"改良"以前,最令我感动的一位,她教会了我不应该用歧视的眼光去看待周围一切不如自己的人或物,他们也许是不幸者,也许是没有找到正确道路的迷路者,但是他们一样都有生存和发展的权利。在她的教导下,我渐渐走出自卑,走出一片属于自己的天空。

总之,过往的一切,现在回想起来,都有温馨的成分蕴含在里边。

昨夜,檐下听雨,想起了往事,心里不禁思绪绵绵,年少的青春,我们路过一路的花开,千里之外的兄弟姐妹,你们可曾记起,那年温柔的月光。

当满树的阴凉,抖落这过往的烟云繁华时,岁月只让我们静下心来凝视,待君千里传佳音,瘦了花红胭脂泪。

一缕月光,漫过年少的阴凉,你好,我好,安好,便好!

再鉴词皇

亭子上拂过一丝秋的凉意,我正望着湖面出神,那碧波随着微风荡漾着散开。一群孩子在对面捞小鱼,可能是一个对诗词爱好程度超越我的孩童吧,从他不带丝毫停顿的嘴边飘出一句:问君能有几多愁,恰似一群小鱼难上钩。

我被这猛然清脆的一声拉入了另一番天地,在那里我见到了这首"问君能有几多愁"的真正主人。他正凭栏远眺,衣袂被微凉的风吹得飘飘落落。在他微微颤动的两唇间,我分明听到了"独自莫凭栏,无限江山,别时容易见时难。流水落花春去也,天上人间"的感叹,我虽不知道他内心究竟纠结了多少愁苦,但是那两行悲痛的泪水毫不遮掩地使我看出,他正是南唐后主李煜。

此时,正值晴夜。月亮如此明圆,而他的内心感到的却只有黑暗和残缺。尘世捉弄人,却难以使人忘却那举剑难断的杯酒之愁。他掩面,一幕幕纸醉金迷,一场场花歌月舞,一番番情意缠绵……都如同那骇人的闪电,让人体会到光亮的神圣,又让人感觉到钻心的不堪回首。

正是江南烟雨中,曾经风铃摇起儿时的暖梦,曾经屋燕寄下金巢的泥巴,曾经蹴鞠打下龙袍的环扣……然而此时,他却只能在宋太祖的"呵护"下"遥望风景",于是不由自主,那泪珠串成了线,从历史的昨夜,一直流落到沉沦的今天。

有人会说,在他懦弱的泪水中看到的只是一个玩物丧志、享乐误国的亡国之君的落魄形象。然而岁月的笔记却始终警示着人们去体味他满腔的文学才气。谁能说蓦然回首中,他是凄凉的化身,是无助的代言。如果那样,"问君能有几多愁,恰似一江春水向东流"的千古绝唱又是谁在碎了心的境界里悟出的呢。历史政治的功过或许可以任人评说,但是他在词坛上的一枝独秀又有谁能为其抹去红冠呢?从另一个角度看,一个置身风云动乱之中的亡国之君或许他被掳去的不仅是肉体还有那麻木不仁的内心世界,但是唯有他能以一声不败的长啸划破内心的愁苦,也划破历史的囚牢。"胭脂泪,留人醉,几时重?自是人生长恨水长东。"在这样的一种境界中,我们会无言以对,我们会孤立无援。因为那样的凄婉之美绝对是千古史雨中绝无仅有的珍珠。

在宋都,哭哭啼啼成了他的另一份重要"政务",然而当娇妻小周后"与君共苦"地陪侍他擦抹那失魂之泪的同时,他却又显出了一个孩子般的可怜。"无言独上西楼,月如钩,寂寞梧桐深院锁清秋。剪不断,理还乱,是离愁,别是一番滋味在心头。"这样的一番滋味,确实想剪却不断,想理却更乱。站在一代君王的角度,承受这样的苦痛也无过于历史催人老的事实了。但是他用词颤动了心中最悲愤的琴弦,用词溅落了花园的残花败柳,也用词为历史的扉页增添了浓重的一笔……在他柔韧婉约的词风中挥洒的尽是热泪,尽是愁思,这也无愧于"最美丽的诗歌是最绝望的诗歌,有些不朽的篇章是纯粹的眼泪",这一高精度的概括了。

历史的车轮在红尘中滚滚远去又姗姗而来。总让人在情绪激昂中又悲愤感慨。这样的一代词宗,一位词中之帝泯灭在滚滚黄尘中确实让人慨悲。或许我们的一把辛酸同情泪是对历史的最好评价了。

此刻,仿佛在梦中的西风亭上又响起了"独自莫凭栏,无限江山,别时容易见时难……"的长恨之歌。

最是至亲的一米阳光

早晨,我迎着晨曦看早报。

九岁的女儿詹迪满脸怒气地冲到我跟前:"妈妈,你怎么把我的裙子扔在沙地里了?"

我满头雾水,跟着满脸火焰的女儿出去一看,才发现我刚刚给她洗出的裙子在风和日丽的情况下,竟然从铁丝的挂钩上掉了下来,沾得满是湿泥。

我正准备开口大骂，是哪个枪杀的不长眼大白天干缺德事。结果女儿"哇"的一声哭了，我急忙安慰女儿说："别哭，妈妈给你重洗，一定洗得比新的还漂亮。"

她微微止住了哭声，跟着我进了屋子。这时候儿子呵欠连天地从屋里出来："怎么了，姐姐？"

女儿正在气头上，于是头也不回地大骂："去远点，关你什么事啊！"

我看到儿子的好意受到了打击，于是温柔地和他说："詹姆，乖，你回房去吧，姐姐心情不好！"

他朝我俩扮个鬼脸就返回了房间。我又回过头来对着抽泣的詹迪说，宝贝别哭了，妈妈给你捉住那个干坏事的人，一定好好收拾他。

没想到，我这么一说，她没有停止抽泣，反而哭得更伤心了。我连忙说好好好，你说怎么办就怎么办吧！

女儿停住哭声，用食指揉揉眼睛："妈妈，算了，不管是谁，我都原谅他了。老师说过，宽容是一颗伟大的种子，学会宽容的人才能更加伟大。"

我被女儿的这一番话猛然搞得头大了，没想到她小小年纪竟然能有如此坦荡的胸襟。我拍着手鼓励她说："詹迪真的长大了，嗯，妈妈原谅那个人了。"其实我并不知道是谁干的，这样说也给我自己减少了麻烦。

结果女儿"哗"的一下把脸放晴了："真的，妈妈？"我微笑着点点头，没想到她像快乐的小兔子一样跑到儿子的房间里，"弟弟，走吧，我们玩去，你没事了！"

我"呀"地叫出声来，这时才想到这两个小家伙一早就出去玩了，儿子刚刚怎么会从房间里出来。我早该想到，能干出这种事的人除了他们两个捣蛋鬼，别无其他人选。

我感觉自己上当了，于是穿上拖鞋就冲向窗户向外望去，两个小鬼竟然把皮筋架在栓铁丝的木桩上，铁丝被震得瑟瑟发抖。我气急败坏地准备破口大骂，但看到儿子突然被皮筋绊倒了，身子朝前摔去，紧接着女儿跑过去扶住了他，给他拍了拍身上的土，然后又给他揉膝盖。以往，儿子遇到这样的情况早就号啕大哭了，但这一次，我从窗户上望见，他们俩的笑容几乎淹没了整个院子的阳光。

我霎时变得瞠目结舌，囤积在心中的怒火一下子烟消云散了。看着他们俩傻乎乎的样子，我忽然发现他们是我在这个世界上最重要的心灵寄托。

晚上，我坐在电脑前，把今天女儿说的那句"宽容是一颗伟大的种子，学会宽容的人才能更加伟大"的话摘录下来，不知道什么时候，两个小鬼蹑手蹑脚地来到我的背后。我忽然感觉身后有嬉笑声，回头一看，女儿正张着短了一颗门牙的嘴巴傻笑，并且用搞怪的语气问我："妈妈，您在干什么呀！"

我急忙挥挥手："去，一边玩去，什么也没干，没你们小孩子的事儿！"女儿笑得更加阴险了："是吗？嘿嘿。"我听了，当即把转椅转过去，结果，儿子大喝一声："姐，快跑，妈妈要施展狮吼功了！"一眨眼，两个小鬼跑得无影无踪。

听见他们在隔壁房间里的嬉闹声，我突然感觉，也许人生即是如此，当你真正地去面对生活时，便能感觉，一米阳光，最是至亲。

半滴眼泪的守护
——发育不是什么大不了的事

一、妈……妈,我发育了……

妈妈手中还未端稳的牛奶杯噼里啪啦地碎了一地,这是闷不可言的我生平第一次因分贝的飙升而吓到了她,当然首先受到惊吓的还是我自己。

那年,我十六岁,将发育看成一件人生的快事,并以此沾沾自喜。

奶奶闻讯后,老花镜也没有来得及往下摘,就从床上跌滚下来。小猫泰恩"呀"的一声跑出了房门。我知道是奶奶视力的问题又一次给猫咪带来了肉体上的伤害,上次就因为奶奶从床上下来,没有看清床角偷偷睡觉的泰恩,而将其尾巴踩得面目全非,猫咪因而绝食三天。

这次猫咪要怪的话,还是怪我吧!

妈妈较奶奶表现得更为道貌岸然:"我说乔苏苏,第一次见红也不必这样电闪雷鸣吧,发育又不是什么大不了的事。"说罢,塞给我几片卫生巾,让我自行了事。

奶奶笑眯眯地拉过我来："苏苏呀,别听你妈妈胡说,女孩子第一次周期啊,要照顾得格外周到,来吧,奶奶帮你!"

我的周期的确比其他的女孩晚很多,隔壁的伊伊十三岁就含苞待放了,我却像闷雷找不到引擎,纹丝不动,这可能和我身体瘦小的原因有关吧。

曾经,我也十分十分十分地羡慕过青春剧里的那些女主角,她们可爱美丽,身边总有许多帅哥陪着。我也幻想自己有那么一天,可是生理中枢却迟迟没有猜到我的心思,一直慵懒到十六岁的春天,才带给我希望。

这个希望是所有暖色的代名词,它既包括了提拉米苏,也包括了哈根达斯,既包括了双份的电影票,也包括了单车后面的位置。我偷偷窃喜,妈妈却说发育没什么大不了的,那个时代的人,真是不解风情。

我悄悄地把自己反锁在房间里,趴在电脑面前扫描着一切和第一次有关的东西,我该如何照顾好自己,如何把自己的青春装饰成花样年华,记得琼瑶阿姨说过,女孩啊,总不能辜负自己花一般的人生。

隔着阳台上米黄色的帘子,一些残点琐碎的光芒你拥我挤地闯进我的世界,这个世界也第一次不那么寂静。

二、认识你,是我人生的一大累赘

这些天,我老是刻意地注意擦肩而过的一些男生,然后用眼睛的余光去挑衅他们。大部分男生都把我当成了斜视症患者,甩过一个无法形容的表情后匆匆离开。

偶尔有几个相貌猥琐的小子停下来,口不干舌不净地抛出一句:"小妞,是不是看上大爷了。"我当时真想脱下鞋来狠狠地摔向他的脑门,可是回头一想,自己一个星期没有洗袜子了,脱鞋难免伤了大雅。

筱琴一直拉着我的胳膊要我走,说这种人渣理会他只能侮辱了自己的嘴巴。

我悻悻地向他们吐了吐舌头然后转身和筱琴往学校走。人行道两边杂乱无章地停下了数不清的自行车。这个城市的治安风貌委实折损在了这些违规停放的车子上,每当放学时间,我们都像走迷宫一样绕得头晕眼花。

三年前,那些试图握着小本赚大钱的人都争先恐后地把店面开在新建的学校两旁。他们貌似早就窥探出我们这一群向青春招手的孩子会是他们财源广进的重点。

筱琴和我最喜欢光顾的是校门西侧的第二家商店,老板娘总是眉开眼笑地和我们聊天,有时还会讲一些冷笑话哄我们开心。最重要的是,我们在没有带钱的情况下还可以大大方方地赊账。有几次,记在我名下的账目已经超过了一些男生。实在无力还补的时候,筱琴就会大伸援助之手,此后,筱琴总会说,认识我是她人生的一大累赘。

说同样话的是一个叫扎西的男孩,在商店遇到他的时候,天正下着大雨。春夏之交,老天总会有些小媳妇的脾气,喜怒无常。例如,刚刚还是暖风扑面,现在就被淋得狼狈不堪。

我捧着刚从图书馆借来的《假如给我三天光明》,哆哆嗦嗦地闯进商店,老板娘一如既往地眉开眼笑,只不过大批的"避难"人士拥挤在一块,让我无暇还之以完整的微笑。

站稳脚跟还不到五秒的时间,就又闯进一批避难人士来,身体瘦小的我只能往更适合自己容身的角落里挤。在此过程中,我发现自己的印花布鞋被一双黑漆漆的大鞋覆盖得惨不忍睹。

我的气不打一处来,立马用空出来的一只手推了前面的那个人一把。他转过身来,不但不道歉,反而还说:"推什么推,再推我就撞着前面的人了!"

呵,这种人可真是瞻前不顾后啊,我声嘶力竭地大喊:"你踩了我的脚了!"

"踩你脚你和我说呀,干吗推吗,再说了,难道你眼睛有毛病吗,要把脚放在我的鞋子下!"

"你还有理了,这么多人我喊你,你能听得到吗?"我丝毫不甘拜下风。

"好了,好了,对不起,这下可以了吧!"他很不情愿地说。

"哎,你这人……"筱琴揪了我的胳膊肘一下示意我算了,这么多人都在看热闹呢。

我气恼地打住了,只好低下头来把同情的目光送给我可怜的鞋子。这可是我两天前刚刚买的,连鞋跟还是新的呢,想不到现在就……就成这样了,我真是倒了八辈子的大霉了。

雨渐渐地停了下来,拥挤了满商店的人也断断续续地离开了。伊伊给我送伞来的时候,空气中所有的雨柱已经化为了街道两旁静静的积水。

走出商店,我不由自主地打起了哆嗦。身后突然又传来了刚才那个人的声音:"喂,你的书!"

我和筱琴转过身后,他已经大步赶了上来:"你的书啊,这也能忘记带,看来再给你三天的光明你也看不清眼前的东西,遇到你真是人生的一大累赘啊!"

伊伊和筱琴同时笑出声来,待我的火气又燃到嗓门时,他已经撇开身子走了。

三、这个城市的每条街都只有那么短的距离

喝下午茶的时候,筱琴沉默着一言不发,眼前的落地窗透过阳光金灿的色泽。好久,筱琴说她想起了那个叫吕然的孩子。

吕然是筱琴在高一的时候交的男朋友,他们的感情很好,直到吕然转学时,筱琴的性情突然变得极度沉郁。

筱琴总爱说,爱情是糖,甜到哀伤。

有了筱琴的爱情思想的灌输,我从一个渴望得到爱情,又害怕得到爱情的境界转变到了对感情模棱两可的地步。看到筱琴有时候孤僻得像游走在这个世界的一粒尘埃,我就忍不住感叹夜幕壮大得卑鄙,它夺走了行走在整个夜色中的风,也侵占了那么多有关黑暗的记忆。

每当筱琴陷入无力又苍白的回忆中时,我们总要到一家重庆火锅店大快朵颐,那里的麻辣风味可以赶走很多的冰冷与麻木。筱琴也总是吃到头上渗出细腻的汗珠才放下餐具。站在窗户旁,我们不管其他人惊诧的目光,片刻整片天空都深深得回荡着这样一句话:"吕然,我吃过火锅了,没有你,我仍旧能够温暖自己!"

我没有见过她哭,也没有见过她流泪。

也许我们的年纪,为了感情流泪是得不到同情的,正如出租车上,司机投来鄙夷的目光一样,他说,你们小,懂得什么是爱情吗?

这个城市的每条街都只有那么短的距离,司机嘴角的烟卷还没有燃到尽头,我们俩就相扶着下车了。

把筱琴送回家,我没有回去。黄昏来临时,一场美丽的火烧云映入我的眼帘。我拿出手机连续调弄了几番都没有找到合适的拍摄角度。巷子狭小的空间限制了太多的色感,和广场相比,我总能找出这个世界的人都向往外面世界的原因。

黄昏,广场,晚风,人群。

一群吃冰糖葫芦的孩子咿咿呀呀地跑过,老年人聚精会神地围堵在一盘似乎杀不完的象棋前。这两个年纪永远都感觉离自己那么远了,我眼中的风景,仿佛只有头顶的一片褐红。

"又见到你了,挺巧啊!"他的笑容僵硬得有些麻木。

"是啊,挺巧的,上次谢谢你,对了,你叫什么名字?"我大大咧咧地告诉她自己的姓名和年龄,甚至连爱好都一块儿兜售了,他却淡然地摆出四个字:扎西达娃!

那个留着长发,不停地摆弄单反相机的藏族男孩很快消失在我的视线里,广场一波又一波的人群穿行而过。也许就这样,我就不经意地错过了一场罕见的火烧云。

四、我们都要好好的

筱琴出国的消息给了我很大的打击,她是唯一一个陪我走过年少的朋友,没有她,我的世界里就只剩下了孤单。

停靠在学校大门口的红色奥迪加重了我不少的愁绪。其实,筱琴决定出国的原因是她的妈妈。上个月她的爸妈离婚了,她选择留在妈妈身边,她妈妈要带她去国外读书,这是分开时,她爸妈的一个赌约。

不管十年以后回来,筱琴是否成为极负盛名的博士,这对于我来说都是一个失败的残局。十年,足以淘汰无数的过去,也足以消瘦庞大的丰腴。

筱琴走的时候,老师和她妈妈攀谈了很久。而我只能透过玻璃窗将不舍倾注在她修长的影子上。远远的,她向我挥手,我只是苦笑。在时光落下的巨大灾难前,我们一样都保持着微笑,谁都没有哭。

筱琴离开的那天,我一个人在操场边上徘徊了很久。感觉空旷偌大的操场突然少了很多欢声笑语。再次遇到扎西的时候,他手里捧着一摞新到的课本急匆匆地向教学楼走去,看到我,只是微笑着向我点头。

新课本,是的,一个新的学期又开始了。告别筱琴也意味着我将进入举足轻重的一学年,高考的大浪已在不远处发出声响,剩下的日子,也不允许我们花费一小时的时间站在镜子前梳妆了。

筱琴走后的第三天，我收到了她的 E-mail，她告诉我，她现在身处法国东南部的一个城市，距离普罗旺斯很近。她说，有一天，我们要一起去 PACA 看熏衣草盛放，那一站，将是我们重聚的地点。

关掉电脑，客厅里传来了爸妈的争吵声，我冲出去时，他们已经吵得面红耳赤。在巨大的家庭矛盾前，我一句话也没说，现在让我想到的是筱琴，也许有一天，我也要站在爸妈面前做出抉择。只是在那样的情境下，我委实确定不了该投靠哪一方。

他们看到我纹丝不动地站在那里，就很快停止了争吵。在尴尬与困窘面前，他们只有面面相觑。也许我不同于其他的孩子，我不会掉眼泪或者发脾气去博得他们的妥协。事实上这样的效果很显著，此时无声胜有声。

下午，老师的电话急匆匆地打到家里，他们晕头转向地跑了很多地方找我。谁都没有想到默默无闻的我会突然消失在教室里。出现这样的情况，稀奇的是，竟然没有人怀疑我是逃课，而大都一厢情愿地认为我发生了什么事情。

在饭店门口看见我时，妈妈的眼睛红红的。她焦急地说，孩子，是妈妈的错，以后再也不和你爸吵架了，你想吃什么妈妈就给你做什么，千万别怪怨妈妈好吗？你是我们全家人的希望啊，我们都要好好的，知道吗？

我们都要好好的，是啊，我们都要好好的。

五、没有他，我还成不了这样

进入最后的复习阶段，我身先士卒地病了一场。筱琴打来国际长途慰问。躺在病床上，吊瓶里的液体一滴一滴地侵入我的血管，在昏黄的光晕里，我沉沉地入睡了。

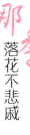

落花不悲戚

　　我确定自己头一次见到如此淡雅又艳丽的紫色。从眼前一直扑向天边，微风轻轻地拂过，熏衣草香漫过唇边，漫过指尖，一层又一层，一圈又一圈。

　　筱琴和伊伊在草田里摆成放肆的大字，扎西微笑着转过身把一束熏衣草编织的花环戴在我的头上，我突然想到在飞机上扎西给我打开牛奶的场景，笨手笨脚的他弄了自己一身奶渍。

　　妈妈送水进来的时候，我还在梦中，醒来时，她说我睡觉的时候，洋溢着满脸快乐。我悻悻地转过身去。真怪，自己在梦中竟然忘了看一看那天的日期了。

　　大病初愈，我站在烧烤店门口放肆地点餐。老板友好地给我找了一个很大的地方坐下，然后说："你的朋友还没有来吗？"

　　"我的朋友？"

　　"是啊，你点了这么多，是和朋友一起分享吧！"老板憨笑着说。

　　想必，老板察言观色的能力还是差了些。我没有笑，也没有显示出窘态，只如是说："我一个人。"

　　老板看上去很吃惊，但还是微笑着点点头："好嘞，你坐一会儿，马上就好。"

　　本来是不打算喝酒的，那个叫扎西达娃的男生又一次不期而遇了，他在我的旁边坐下，满脸挑衅地说："来一杯吧，我请你！"

　　我没有说话，只是瞪了他一眼，然后拿起酒杯一饮而尽。酒精呛到喉咙，我难受得咳出声来。不知道为什么，第一次见面的场景一直让我耿耿于怀。

　　他坐在旁边狠劲地笑："别逞能了大小姐，醉在街头可会弄出大笑话的！"

　　"谁要你管啊，我喜欢怎么着？"

　　没想到，十分钟不到，我再一次成为他的累赘，他费了很大劲才把我扶到出租车上。电话里,妈妈的抱怨声又一次传到我的耳郭。

烂醉的我很快就睡熟了,也不知道什么时候到的家。妈妈和奶奶静静地守在床边等我醒来。这也许是我人生中最狼狈的场面,可是被他看到了。

妈妈很是不解:"这丫头怎么回事啊,怎么想起喝酒了,幸好你的同学送你回来,不然,看你一个人怎么办!"

我大声嚷嚷:"没有他,我还成不了这样!"

妈妈和奶奶面面相觑,然后同时把不解的神情抛给我。

六、把手心里的泪分割开来,一半留给自己,一半送往远方

高考还是不可避免地来了。考试过后全家人东跑西跑地为我联系学校,见到筱琴时,我差点哭出声来。

在菊花盛放的公园里,白云一片片从头顶驶过。这个秋天来得好早。卵石相簇的过道里,一群白鸽落下,但很快又飞走了。

筱琴没有像离开时说的那样,十年以后才回来。只有短短半年的时光,我们就又拥抱在一起。她爸妈复婚的消息对于我们来说无疑是一场特大的喜讯。筱琴激动地说:"苏苏,我们一起上大学!"

八月,一闪而过。

整段时间里,筱琴都拉着我给我讲她在法国发生的事情。很多地方是我羡慕不来的。当日许下的那个承诺我们都没有忘记,十年后,我们一起去普罗旺斯。

这样的愿望可否实现我已不知,但就大学而言,我们并没有走到一起,我去了北京,而她去了上海。

一个人走在这座陌生的城市,我时常会想起家,会想起我们在一起

的高中生活。在地铁上，拥挤的人群无数次让我的印花布鞋面目全非，但我还是想到了他。玻璃窗外，荧光屏的广告飞速地后退，我不停地转换着地铁线，却早已深深忘记自己要去哪里。

在庄严肃穆的天安门前，人们安静地走过，一波又一波的人群中，很少有人停下脚步。这座城市早已在他们的记忆中熟稔，但是对于我来说却是那么的陌生。

筱琴再一次打来电话，兴高采烈地说她又交了男朋友。我语重心长地告诉她，这次你可要看清楚了，别让自己再受伤。她看样子早已坠入爱河，竟然天真地说："没问题啦，他真的很好。"

在学校的 FTP 上，我看到了文学社的简介和纳新通知。面试过关以后，我就正式地成为其中的一员。也许有一天，她在那边的爱情故事，也将成为最美的素材在我的笔端出炉。我诚心珍存那一段美好的纪念。

有一天，筱琴神秘兮兮地打来电话说要给我一个惊喜。接到收发室的通知以后，我兴奋地打开她寄来的包裹，里面是一双崭新的印花鞋子，最重要的还是我最喜欢的那款。我高兴得差点跳起来，这时却发现，鞋盒里还附带着一张照片：

漫天红褐色的云彩燃烧在那一片天空里，远处是高耸的塔楼和高层建筑，在一望无垠的暖色里，静静地站着一个女孩，她虔诚地抬起头望着这一切，她的发丝在迎风飞扬……

筱琴说，看看你啊，什么时候被偷拍了都不知道。

我又一次看到了 PACA 盛放的薰衣草，那一望无垠的淡紫色像粉刷过似的此起彼伏。远处突然响起了钟声，悠长而深沉。晚风送来了柔柔的清香，拂过脸庞，划过眉梢，溜过指尖！我回过头，身后只有夕阳拉长的影子孤寂地抖落在风中，突然，一滴冰凉侵入自己的手心。

我拼命地想把手心里的眼泪分割开来，一半留给自己，一半送往远方，让远在天边的人听到，普罗旺斯永远埋藏着一颗守护的心。

电话彼端的盲音响了很久,是的,她最后的那句话那么清楚,她身边的那个孩子名叫扎西!

大海记着一朵浪花的忧伤

唐姨有四个孩子。

十三年前,她孤身领着两男一女看似同龄的孩子来到镇上同居。安身下来以后,开始卖力地干起做豆腐的活儿。

这门手艺是从她爹手里学到的。唐姨总是热情地和大伙说自己有个心灵手巧的爹,可是前不久去世了。街坊领居先是咂吧舌,接着便同情或者恭维几句,到底是她爹的女儿啊,你看人家那手巧,做出豆腐也香。时间一长,这样的话听起来便像鲁镇的人在捉弄祥林嫂一般了,而且被大街小巷地传为话柄,唐嫂的爹啊,那豆腐做的水灵,就像唐嫂的心一样啊!

说唐姨的心水灵,其实刚开始并没有带多大的嘲讽意味,从童年记事起,唐姨的豆腐香就一直伴随着我,一直到离开家乡的日子,些许回忆都充满了豆腐香。唐姨有个最小的儿子年龄和我相仿,叫小宝。那时候,他老是从自家里偷出豆腐和我们几个大花脸孩子坐在墙角疯抢,抢得过火了，不欢而散，我们也会以此为借口，疏远他。

儿子一哭，母亲就急。

唐姨把大碗大碗的豆浆端在我们面前，作为陪小宝玩的条件。我们几个滑头得了便宜卖乖，于是唐姨做的豆腐脑、豆浆、豆腐干统统成为维系我们友谊的链条。偶尔这种不脸红的资源断竭了，小宝的眼泪就扑腾腾地掉在泥土里，伴随着我们远去的笑声变得冰冷。

然而当时，我们谁也不懂得这是建立在良心基础上的一种责任。

唐姨的大儿子，我只见过一面。确切地说，在镇上他的影子合起来也没出现过几次，唯一给我留下的深刻印象便是他瘦瘦的，像是一只嶙峋的猴子。唐姨时常会提起他，说一出去就忘了回来，和他爹一样，走了大半辈子也不懂得回家看看，家多好啊！

一块儿做针线活的大人们不解地问：孩子他爹大半辈子不在，三个孩子都是你一手带大的吗？

每当这时，她都很激动，并极力纠正是四个孩子。

别人问起她另一个孩子时，她的目光就会变得灰暗。看到她要落泪，别人就岔开话题，不再问询。

唐姨做的豆腐只卖一半，从来不把另一半卖出去。人们纳闷，这么好的生意，为什么要关起门来不做呢，卖一半豆腐能赚多少钱啊。唐姨只是笑，不做任何解释。

后来，镇子里的乞丐越来越多，大有丐帮兴起之相，左邻右舍才知道，原来唐姨的另一半豆腐都施舍乞丐和孩子们了。

渐渐地镇子里的治安有些混乱，县委书记视察时，认为镇子需要大番治理，所以给镇子拨下很多款来。

但镇子里的人却开始埋怨起唐姨来，说她不办好事，招的满街都是乞丐，只有老汉、老太太们站出来替她说话，但是这种伸张正义的声音很微弱，唐姨的耳鼓膜逐渐有些招架不住了，就把心一横，关起门来决定不再做豆腐。

这样的结果只维持了两天，唐姨没了豆腐生意，镇子里的叫花子就把目标转移到其他人家里，其他人受不了，也只好上门向唐姨委婉地赔些不是，让唐姨重返上海滩。

唐姨不会记仇，她看着我们一群围在门槛等豆浆的孩子，就忍不住磨开了豆子，我们一乐，她就跟着笑，一间豆腐坊顷刻之间便像塞入了一个春天。

但是后来就出事了。

一天夜里，镇子里的手电、火把交织一片，半夜三更，鸡鸣狗吠。据说是一个外地人因偷窃被乡亲们发现，在群众的穷追猛打下受了伤。后来又不知怎么的被他侥幸逃脱了。

听见吵闹的声音，唐姨恍惚中开了门，没想到的是一个陌生人夺门而入，并可怜巴巴地央求唐姨救救自己，还说他是一时脑子发热犯了错，以后一定痛改前非。唐姨也是心软的人，不知怎么的就被眼前的陌生人说动了，便关了门让他躲在自己的家里。

但是，这个场面被一个镇民瞧在眼里，他也不顾情理地拉着一大帮人闯进唐姨家捉住了窃贼，并经人们一改口，就说成了这个贼是唐姨外出作案、多年被通缉的丈夫。唐姨含着泪要求人们手下留情，最后在口口声声的哀求下，人们才动了恻隐之心放了那人一马。为了这件事，唐姨还特意给每家每户白送了很多豆腐。这么一来，那个窃贼难道真是唐姨的丈夫，就越发让人们猜忌和怀疑了。

但那件事发生以后，唐姨就真的没有再做豆腐，后来自闭在家中，门也很少出，还不停地织些毛衣毛裤之类的东西，说要为远方的丈夫和孩子送去温暖。

我上高中那年，唐姨被她的女儿带出了小镇，后来居住在大城市里，但以后却再也没有见面。只是临走时，唐姨还特意上门来和母亲告别，

并叮嘱我好好学习,还说我和小宝一样都是阿姨亲爱的孩子,阿姨会永远记着你的,还有你的母亲,她是个好人呀。

知道唐姨得了食道癌,母亲大把大把地落泪,后来我无意中得知,唐姨在去世前去过一次大海。那也是她一直挂在嘴边的一个愿望,她说蓝天下飞翔着白色的海鸥,蔚蓝的海面荡来咸咸的海风,一朵朵白色的浪花冲刷着礁石,发来悦耳的轰鸣声,像是绽开了的豆腐花……

母亲说,唐姨有四个孩子,但她终身未嫁,四个孩子都是捡来收养的,并一手拉扯大,大儿子出海时遇难了,她一直想念着他的儿子,并希望有一天,可以和自己的亲人走在同一朵浪花里……

第三颗血色纽扣

夕阳喷吐着殷重的血色。

他将那把柄上沾满了汗渍的匕首轻轻地往袖子里扣了扣,走进长途车站。这是最后一班客车了,客运高峰期,客车忙得快要崩溃了。繁忙时节往往乱子也多。在这个拥挤异常的候车室里,已经发生过多起抢劫案件了。虽然警方加大了警力,但是发生在眼皮子底下的案子还是接连不断。尤其是夜晚，候车室昏黄的灯光显得那么微弱，这样的氛围，不容乘客放下心去休息一会儿，因为提心吊胆的事儿随时都会发生。

他把墨镜摘了，放进大衣的口袋里，然后顺势把大衣的领子竖起，一副令人望而生畏的气势顿现出来。当然他是干什么的只有他自己心里清楚。乘客们拿着行李提包上车了。他从侧面拐了进来，头也不抬地走向后门的那个硬座上，显然这里的一切，他都很熟悉。

客车发动了，空调里吹出的热气难以察觉得到，毕竟寒气过盛。司机把喷灯打开，放在挡风玻璃前，被霜雪凝结的玻璃顿时化开一片清晰。司机一声不吭，乘客们也默不言语。空气是如此沉闷，有的乘客用热气哈着窗上的冰霜向窗外望去。夜，一片漆黑，他们的眼里也是一片黑暗。

他笔直地坐着，显示出一副漠视一切的样子。客车蹿下了高速路，开始向一条崎岖起伏的小路盘行。客车颠簸着，人们在摇晃中渐渐产生了睡意。他那双威严犀利的眼睛正探视着什么，因为他明白，这正是活动的最佳时刻。车子拐进了一个陡坡，停在一个小小的站亭前。司机熄了火。这里是乘客解手或买方便食品的地点。

就在这时，车门"哗"的一声打开，随着一声急促的叫声，他向着前面飞奔的那个人猛追过去。这是出现在半山腰的一条圆环路，他们的速度惊人，一转眼两人消失得无影无踪。这时一个被抢劫的老人正瘫坐在地上，他满脸惊恐，面目苍白地喘着粗气，把那干裂的如同树根的手无力地伸出来指向车门。人群中立马乱了起来。"快把大爷扶起来！""大爷您没事吧？""小偷……小偷偷走了我的钱，快，快，那是我的……""大爷别急您慢点说。"一位好心的女士替满脸沧桑的驼背老人捂着胸口。"那是我儿子上大学的钱呀，我老汉辛苦了大半辈子，就攒下那么一点钱呀，儿子上大学，已经拖欠了好久学费了。"说到这，老汉已泣不成声了。人们都围了上来。老汉一阵猛咳，浑浊的老泪垂到他干枯的下巴。"怎么会这样呢？""那该死的小偷。""抓住他，扒了皮喂狗。""这样的人就该枪毙了！"其他人群中顿时一片沸腾,大伙儿满脸气愤,有的人甚至挽起袖子,攥紧拳头。有人说:"好像是那个穿黑大衣的人干的。他一脸凶相,一看就不是什么好鸟。钱一定是他偷的。""是的,上次我还见过他,肯定是个犯罪头目。""他一直坐在我的旁边,装得倒挺威严。"人们各抒己见。突然有人提醒道:"快报警,再迟了只怕又让他逍遥法外了。""快报警,对,快!"……

乘客们在嘈杂的议论和惊慌的情绪中被安排到一个小旅馆。人们几乎一夜未眠,都借着对那个人的唾弃来掩饰内心的惶恐。第二天一早,人们回到了客车上,车子又一次摇晃在众人的昏沉中。终于在拐过一道下坡路时,有人惊讶地叫道:"快,快看,前面好像发生了什么事。"人们立马拥向窗口,"是的,那么多人,一定又发生什么大事了。"……司机停了车,人们争先恐后地冲下车去。遭抢劫的老人也被一男一女搀扶着下了车。忽然前面的人流向这边拥来。仔细看时,只见一个穿黑大衣的男士强力推押着一个被手铐铐住的中年男人。

"大爷,这钱是您的吧,您看看少了没有?"那个穿黑大衣的人仍旧冷冷地说。老人先是一惊,然后急切地伸出手去:"没错,这是我的钱,你……你是?"穿黑大衣的男士将手中戴铐的人后腿一踢,那个人便双膝跪倒在地下。他随手将手伸入黑大衣,拿出证件:"我是警察。"人们惊叹道"什么? 警察!"顿时,人群静悄悄的,大家都惊诧地说不出一句话来。老人浑浊的眼泪又一次顺着沧桑的脸颊流下。他干裂的嘴唇微微地颤动着,一只手轻轻地抚向黑衣男子受了伤的胸口。只见一颗快要断了线的纽扣上沾满了鲜红的血迹。老人抬头望着魁梧的男子,嘴唇轻轻地抖动着:"好人呀! 好人。"人群立马传来一阵热烈的掌声。

警车来了,黑衣男子押着小偷上了车。

朝阳喷吐着殷重的血色,老人朝着警车远去的方向深深地鞠了一躬。微风拂来,第三颗血色纽扣深深地落下,一直落到老人的心坎。

盲人眼镜店

光明眼镜店坐落在这座城市最繁华的街道上。配镜专家小马配镜技术精湛且通晓关于眼镜与眼睛各方面的知识。小马态度诚恳，深受老百姓的爱戴。因此眼镜店的生意可谓蒸蒸日上。

这一天如往常一样，小马眼镜店里顾客盈门，小马几乎快忙不过来了。他和善的面容和友善的态度吸引着更多人的耐心。临近中午，空气异常燥热，眼镜店里仍有一位刚下班的女士等着配镜。小马一边忙着，一边揩汗。"真热呀！"戴着红色太阳镜的女士说，"小马，要不我下午再来吧，怪麻烦你的！"小马态度温和地笑了笑道："不忙，你要的镜子很快就能配好，你不妨挑挑样式吧！找一个你喜欢的款式。""好吧！"女士从椅子上起身走到门口的两侧模式镜旁边，翻看着样式独特新颖的镜框。

这时，一位穿着黑布褂满目沧桑的老人从门口经过，古铜色的脸上汗水纵横。他刚从银行出来，手上提着一个红布兜，里面装着他辛苦攒了一辈子的一点儿积蓄，为的是给三十出头仍未有妻室的儿子娶媳妇。老人的体力终难挑战这暑天的酷热，就在小马门市对面的台阶上坐下，嘴里还不断地喘着粗气。

中午时分,街上的行人似乎不是很多。小马抬头忽然看到两个光着上身的年轻人出现在对面的街道上,胸脯和胳膊上的大片刺青在阳光下甚是刺眼。两人走到老人背后,神不知鬼不觉地伸手一击,老人便晕倒在地。当老人模模糊糊地爬起身来,那个红色的布兜早已不见了踪影。老人慌乱地叫了起来,趴在地上疯乱地抱着路人的腿苦苦哀求:"你们谁见我的布兜了,还给我吧,我求求你们了……"老人的脸被泪和汗交织着,加上刚刚在地上沾染的泥土,活像是得了麻风病似的。

围观的人纷纷议论着,有的人说该报警,有的人说要送医院,一阵指指点点之后,人们还是站在烈日下眼睁睁地看着老人苦苦哀求的惨状。警察赶到现场,而周围的人没有哪一个能给提供一点有用的信息。人们都说他们是在老人晕倒后才赶过来的。最后人群将目光集中在对面小马的眼镜店里。小马仍然在工作着,心里却有些慌乱。他清楚地知道,刚才作恶的那两人正是这地头上的混混,他们声名狼藉却势力很大。小马希望这事不要沾惹到自己身上。可是看苗头,这事端偏偏要引到自己头上来。两个警察进来了:"你一直在这儿工作吗?看到刚才发生的事了吗?"小马的手突然抖了起来,但不知道从哪冒出的勇气竟说:"我一直在这儿工作,对面发生了什么事我确实没有注意到。"其实他心里明白,这年头要想在地面上混口饭吃,就得睁一只眼闭一只眼,少管闲事,少惹是非。"噢,那你们呢?"他们把目光转向那位女士和两个中学生。那位女士自然地一笑:"他没看见,我们背着身子怎么会看见呢?""哦,那打扰你们了!"两个警察把老人带回警局问话,并保证一定会为他找回失去的财产。其实谁也知道这是一件很难办到的事。此后听说老人不久便郁郁而终了。

从此以后,小马的生意开始冷淡,一天不如一天。人们配好镜子后都会说:"可是我什么也看不见啊!"不久,小马将牌子取下来砸了,在外乡的马路上,多了一个戴着墨镜的中年男子。

第三辑

天使在隔壁

捧起月光,倚你一世绵长

我的妈妈是月月

"妈,我的牛奶……"我气急败坏,眼前的一摊子事杂乱无章,这样的好事只有他能干得出来。

"妈,我的牛奶……"他含着泛白的手指,口水源源不断地从下巴滚下,我知道他的伎俩,他又要闯入我的怀里了。我随即一闪,他肥胖的身子就躺在了地上。

妈妈出来时,他整个人在狼藉里打滚,牛奶与面包的混合物沾得满身都是。妈妈火冒三丈,拿起鸡毛掸子要打我。他一急:"妈妈、妈妈,快躲在傻猫这里!"

妈妈无奈:"爹,您不能老这样惯她,她迟早要骑在您的头上!"我朝着妈妈悻悻地吐舌头,他就学着做,妈妈一跺脚,扔下鸡毛掸子,摔门进了里屋。

我装腔作势:"傻猫,快起来啦!"他伸出手要我抱,我懒得理他。坐在沙发上看电视,屏幕里的樱桃丸子逗得我前仰后合,他看见我笑就拼了命地狂飙音量,笑得阴森恐怖。我意兴扫地,"哐当"一声甩上门出去了。

下午两时,小区门口不时传来笑声。他老爱搅和别人下棋,人家说"我跳马!"他就跟着喊"马、马,驾、驾"。人家嫌他吵,就一挥手:"一边玩去,傻子!"

他跟着犟:"你是傻子,我是傻猫!"人们被他招引上了乐趣,就戏逗他:"哎,傻猫,我问你,你知道你的爹叫啥吗?"

他摇头。

"那你知道你妈叫啥吗?"

"我的妈妈叫月月。"他喊得老高,生怕别人笑不破肚皮。至此,小区里的所有人都知道了,金傻子把十二岁的外孙女管妈的来喊。

是的,七年前他还是唤我"宝贝月月"的外公,而今天他已经喊我"妈妈"过了七个春秋。

一切都归罪于那场无情的车祸,他被医生诊断为老年痴呆,看着他大把大把奢侈地流口水,妈妈悔恨地摇头。

傻猫搞得我众叛亲离

知道我有个疯外公后,小区的孩子们都躲得我远远的。他从卫生间的一尺方窗里探头出来,东张西望片刻就仰天长啸:"妈妈,回家吃饭!"一群孩子毫不留情地嘲弄我:"月月的外公金傻子,天生有个金嗓子,隔着天窗喊傻子,一老一小两傻子!"

我气得大拍胸脯,一捡石头他们就已经跑得老远了。被捉弄得头破

血流的我在冰凉的水泥地上摆大字,傻猫傻乎乎地跑来,二话不说也躺下,摆的大字比我的还生动活泼。看着他惊世骇俗的丢人现眼,我一溜烟跑了十万八千里。

他在身后气喘吁吁,跌倒爬起,肥胖的身子没一分钟就裹满了泥巴。我被搞得哭笑不得。一群孩子们又大嚷大叫:"疯外公,傻外孙,赛起跑来慢吞吞;外公掉、外孙笑,公孙两人呱呱叫。"

在快要疯掉的边缘喘息的时候,傻猫干了一件惊天动地的大事,他死死地勒住一个男孩的脖子,边勒边打人家的屁股,嘴也不闲着,一口一句新鲜词:"秃子,要你欺负我妈妈,我打你屁股开红花。"

那男孩子吓得屁滚尿流,拉着大人找上门来。妈妈低声下气地道歉、赔不是,最后还赔给那个经常欺负我的男生五十元的精神损失费。

我和傻猫蜷在角落里傻眼了,妈妈恨铁不成钢地指责他:"爹,您看,让您再惯他,如今惹祸上身了吧!"

傻猫不懂什么是惹祸,他把无辜的求援眼神抛向我,我抱肘一哼:"妈,这回可全怪他,要不是他,就不会出这事儿!"

傻猫居然认得路

上了初中,傻猫还是屁颠屁颠地跟在我身后,寸步不离。我恼羞成怒,常常早走十五分钟,用五分钟的时间甩掉他,然后用十分钟的时间绕远路。

一节自然课,老师讲得津津有味,学生听得兴趣盎然。讲到老鼠打洞的原理时,教室的门就咔嚓咔嚓地响了。全班一百零二只眼睛齐刷刷地射向门口,十秒没到就从门缝里跑进一个灰不溜秋的东西,有人大喊:"妈呀,老鼠!"

老师过去一开门,他的身体就顺势滚落进来。原来是一个抱着烤红薯的人,我一看是他,急忙找了个桌角藏起来。同学们笑得没心没肺,老师一惊,亲切地问他:"大叔,您找谁?"

他把红薯紧紧地抱在怀里,生怕眼前的一群生人跟他抢。他结结巴巴地说:"我找月月妈妈。"

老师有些丈二的和尚摸不着头:"您说要找一个孩子的妈妈?可我们这里都是孩子呀,没有大人!"

他抠抠鼻子,欢喜地补充道:"是我的妈妈,月月,月月。"

老师被搞得云里雾里,班上的一个知情的同学大声说,他是苏晓月的傻外公,是个疯子!同学们豁然开朗,班里由鸦雀无声变得天翻地覆。

说起来还得感谢傻猫,那一次他让我当众出丑的结局不是让我身败名裂,而是让我的声名大振,学校校报上,不知是谁发表了一篇题为《感人的红薯》的文章,搞得同学们声泪俱下。甚至有的同学还特意跑过来询问他的病情,给我平添了满脸的金光。

令我意想不到的是傻猫竟然认得学校的路,而且雷霆万钧地直入我的根据地。事后我问他,他竟然说是闻着我的味道来的,我的身上有蕉蕉的味道,他唤香蕉为蕉蕉。我半信半疑,难道他会江湖上失传已久的千里探味神功?

坐上轮椅的冰糖葫芦

在高中择校的时候,我被搞得头晕目眩。不争气的成绩只能宣布我是一颗受制的棋子,在二流高中铺就的网格里跌撞。妈妈是再也不愿意多滋事了,她让我自己做决定。小学一年级就因为择校问题忙得外公不亦说乎,最后搞出终身痴呆这么个名堂。每谈起这件事,妈妈都要垂头丧气半晌,然后不断地重复一句话:"要是当初不让您去,现在就不会这样了。"

我漫无目的,只好听同学们推介。傻猫流着口水爬过来,眼睛扑腾扑腾地眨巴,他说:"妈妈,傻猫也要去读书。"

他这句话满含幻想的成分,在我爸妈的双重劝阻下,他委屈地妥协了。我被安置在十里之外的一所高中,路程远,上下学都要坐公交。上学时,他裹着棉大衣送我到学校门口,放学时,他就站在小区门口的电线杆下等我,日久天长,一根纯钢的电线杆都被他靠歪了。

一个寒雪纷飞的早晨,他由于身体臃肿不便,又滑倒在冰天雪地里。再出来送我时,他就被拒在公交车外了。根据规定,坐轮椅的人是不准上车的。母亲推着他,一步步跟在公交车后,不知过了多久,再看不到挥手的影子时,我的眼泪悄悄地滑下两颊。

放学时,他依旧老远地喊我妈妈,怀里的糖葫芦红得诱人,但他没舍得吃一块,哪怕是舔一下都没有,而之前,我知道他很喜欢吃冰糖葫芦。

我上了大学,他学会了算术

上了大学,我就在那个城市销声匿迹了。给家里打电话时,他常常赶在妈妈之前接电话,一接起来第一句话就是:"妈妈,你是不是不要傻猫了,怎么这么久,傻猫都没有见到你。"

我心平气和地告诉他:"傻猫呀,我怎么会不要你呢,只要你每天扳着指头数一个数,数到三百六十五呢,我就出现啦!"

后来听妈妈说,他老是缠着妈妈教他数数,每个数都会学上数千遍,但到了第二天就全忘了,还得从头来。我听了,心中憋得慌就打电话告诉他,傻猫呀,你不用学数数了,这样吧,你每天至少要吃一碗大米饭,吃到家里没有米的时候我就回去了。

没想到他真的吃光了家里库存的大米,用他自己的话说就是吃了一百二十八碗米。没想到他真的学会了数数。妈妈说,他下肢的骨头快要坏死了,恐怕得截肢。我的眼泪簌簌地落,他一个人,没有我在身边,截肢那该有多么痛苦啊,他会晕厥的。

有你这个孩子在身边就足够了

傻猫过七十寿诞,我没有回去。大大的蛋糕面前插满了鲜红的蜡烛,烛泪流尽的时候,他也没有吹掉蜡烛,他说要等我回来一块许愿。

我在电话那头放一段录音器录下的话:"疯外公,傻外孙,赛起跑来慢吞吞;外公掉,外孙笑,公孙两人呱呱叫。"他很快就学会了,而且还在吃饭的时候大声地喊,喊着喊着,寻不见我的影子,他就沉默了,很乖很乖,不打闹,也不乱叫。妈妈说,他有时候静得可怕,一个人在拼命地回想以前,但往往是想着想着就睡着了。

傻猫老了。结婚后我和老公一道回家探亲,他已瘦成了一把柴,头上只剩几根稀稀拉拉的白发了。母亲说,一个八十多岁的残疾人,他生存在这个世界的唯一动力就只剩下心中的那份爱了。

而我知道,我就是他心中全部的爱。老公问我是否愿意要孩子时,他正把头抵入我的怀里。彼时,他已经发语不清了,但我还是在他苦涩的泪水和口水结晶里,听到了这个世界最甜蜜的声音:"妈妈,妈妈。"

是啊,此生有你这样一个孩子,就足够了。

破茧

　　刺眼的灯光一直在蔓延,流动的杂质携带着受了惊的分子,在急促的电话铃旁散开。

　　蒙胧地睁开眼,骤然一阵晕眩袭入脑部。昨晚睡得昏沉,竟然忘记关掉台灯。放下听筒,潜意识地看看表,已经过了八点一刻,与赴宴的时间悄然接近。

　　一股脑儿爬起来,掀开窗帘的一角,天有些阴沉,但还是阻挡不住凌乱的光线印在惨白的面孔上。我哈欠连天,一挥手按下了 off 键。瞬间,台灯的光亮与外面的一切色泽停止了厮杀,只留下表盘上的锋芒,在跃跃欲试地挑战每一分钟的沉寂。

　　草草洗漱完毕,手机的信号灯又亮了起来,是催急的短信,我屈指按下"马上"两字,便回卧室关窗,整装待发。

　　真奇怪,不知什么时候,阳台一角结了一层白白的纱罩,像是一团丝绵。但这种想法一闪而过,也许是一个孕育小生命的茧吧,仓促的时间已容不得我去静观其变。

朋友的生日宴会,在记忆中,每场都盛大得像一个梦。说梦,的确神似,总之,自己只是每个梦境里的一副煞景,替别人高兴,替别人欢笑。

或许是强颜欢笑,我真的不喜欢纷乱喧嚣的局面,每当这种不容易辨别真伪的情感达到顶峰时,总会有酒精气味狂欢乱舞地肆虐,搞得人心烦意乱。置身在无可奈何的人造景观中,无法脱身,一路谈笑风生便好,若是酒精阴谋得逞,把谁的兴奋度调控到云里雾里,就会大露囧相,轻则出口成脏,重则舞拳弄棒,最终把喜庆的场面搞成一个硝烟味极重的小型犯罪现场。

为了趋利避害,我径直选择了洁身自好的位置坐下。但百密一疏,我没想到会碰到她。从骨根里,我就对她有排斥感。一个追求时尚的女生,发黄发干的爆炸头,耳环的轮廓遮掩了大半部分的脸面,睫毛也是修整过的,足有寸许多长,长长的指甲上涂着令人恐怖的猩红,手背上还有一连串的刺青,缀满晶石的高跟鞋,掷地有声。

做同学的那几年,她一直是问题女生,几年后的见面,仍旧给人一种压抑和危险感,甚至连接触到她的眼神也会产生一种是非缠身的感觉,仓促中,我唯恐避之不及,但她很快入座了,还有两个我不认识的女生,好在她们谈得热火朝天,好像并没有认出我来。

抹去虚汗,我极力将目光移向别处,以防将她波澜不惊的语气激起浪花。席间,生日宴的主角强子忙得不亦说乎,但还是没有冷落我们好几桌的女同学。短短的两年时间,他的朋友又增加了一大堆,对于这样的交际人才,我无话可说。这也不免让我想起同桌的那几年,总有橘红的夕阳透过小窗,温暖我们彼此的笑脸。可是现在不同,总感觉岁月的杀手抹去了我们太多的友善。当初苦苦寻觅的成熟,如今却酿成了一场生涩,一段隐形的沟壑。

宴会井然有序地进行到一半,我感觉到手机振动,探手从一旁的包里摸手机时,忽然感觉手掌触摸到一团毛茸茸的东西,尖叫声相伴而出,心里一慌，身子不由得向旁边撤去，却一不小心将自己面前满满的一杯可乐打翻了。

可乐溅了旁边那位女士一身，我正急得不知如何是好，她却开口了。

"小丽，你没事吧，这是我的同学，不必计较！"

她对那位女士说出这句话令我很是惊讶，没想到她会替我解围，我不由得脸颊绯红，急忙向那位女士道歉。

原来是一只小狗在我脚下啃食骨头，我稳定了情绪，却不知该如何化解眼前的尴尬。

"没事的，毕竟不是故意的吗！"

这是我在整个宴会露出的第一个微笑，七分尴尬，三分难堪，而接受这个微笑的却是她们。

宴会临近尾声，我一直对自己的毛手毛脚感到羞赧。只是，整个过程，她偶尔会向我这边瞟几眼，我故作镇定不去看她。事实证明，滴酒未沾的我还是和酩酊大醉的她划分出了一道界限。

道别时分，由于人多，我看出强子没有抽身的机会，也便没做打扰。此时，同她相伴的那两个女的不知身在何处，看到她一个人趴在桌子上晕睡，我还是牵动了心底的一根丝弦。

打的路上，她没有胡言乱语，只是昏睡。扶她进屋的刹那，她吐了自己一身。顾不上浓重腥臭的秽物，我使尽浑身解数给她洗了把脸，擦拭净身子以后，帮她换上了自己的一套衣服。

看她沉沉地睡去，本想被她折腾了大半天，自己也累得够呛，准备找机会休息一下，但是没一会儿，她就呻吟得厉害。摸了一下她的额头，才发现烫得很，想到可能是酒精的作用，我便三步并作两步跑到离家最近的药店买了解酒的药物。

把药勉强地喂到她的口中，看到她的痛楚有缓解的迹象，我终于放下了一颗忐忑的心。

看看表,已是下午四时,打开帘子,彩色玻璃把光线汇聚成五光十色的彩虹,印在脸颊上,感觉很舒服。

"谢谢你,林子!"

"你醒了？对了,你家在哪里,不如我送你回家吧！"

她笑了,多少时光仍旧雕不去那满脸素颜的清纯。还记得初次见面,那时,她扎马尾辫,眼睛水灵,皮肤白皙,像此时一般迷人。后来,也是岁月造就的风雨,把我们的友谊渐渐融化。分道扬镳后,没想过会在这样的场合下再见。

"没事,我可以自己回家,趁有空,不如你陪我去逛公园吧！毕竟这个城市,我是第一次涉足,以后有没有机会再来,都无可定论。"她笑得很自然,现在已经清醒了很多。

"好吧,我们去逛公园。"我嫣然一笑。

公园的景致往往是四时不变的,不因季节的更替而减少应有的色彩,或徒增茫然与慌乱。所以,更多的人钟情于这里,也有很多的人把闲暇的时光打发在这里。

她倚着我的肩膀,浅浅地笑,手指不断指向一笼笼盛开的鲜花和一处处乱跑的孩子,时不时笑出声来。看着她此时欢快纯真的样子,一种前所未有的超然笼罩全身。我知道,她终究是属于这个社会的。

在一处亭子坐下,微风拂面,丝丝的凉意唤回了很多旧时的阳光。在现实面前,她终于落泪了。

"林姐,我真羡慕你,如若天天可以陪伴在你身边,那该有多幸福啊！"她告诉我,我们同窗的那年,她父亲因为醉酒斗殴,锒铛入狱了,母亲难以接受现实的打击,就抛下她离开了那个支离破碎的家。只有十五六岁的年纪,在别的孩子还无忧无虑地接受亲情阳光的沐浴时,她却要独自承担别人无法企及的伤痛。

走入社会的同时,她时常会回去照看自己年迈体衰的奶奶,我想仅此一点,她就可以安然地在这个世界走下去,一直走下去。

送她去车站时,夕阳已近血红。柔柔的晚风夹杂着丝丝潮湿的咸味扑面而来。我要留她,她却始终拒绝,只好互换号码,依依惜别了。

在那个写满无数离愁的过道,一群群白鸽飞过,头顶的一片天空,是属于它们的蔚蓝。我清楚,在这滚滚红尘里,我们迷茫地生活,但终究有一天,生活会用丰满的镜子去端详我们一路走过的青春。那时,我们依旧在星光下看海,听潮水漫过心窝,在阳光婆娑的绿荫道里,看一路花开。

回去的第二天,她就打电话过来,说她已经找到了一份超市的工作,初来乍到,不熟悉环境,但相信以后会慢慢好起来的。到那时候,她会来这座城市找我,我们一起去公园散步。她还说,穿上我的衣服,感觉很温暖。

我欣然地打开窗户,那团毛茸茸的东西,忽然有了裂开的痕迹。我知道,是一个破了茧的小生物,迎接它的将是这满世界的阳光。

那年所有的日出和日落,经风雨的浣洗,也变得菁菁入目。我想,经历了这么多,她终究会破茧成蝶,飞向属于自己的蓝天。在那悠悠白云架起的过道里,始终会有一段淡蓝色的纪念,那是我们共同拥有的。而若干年后的回眸,也会像一场圣礼,涤净铅华,涤净青春年华,我们所有的偏执和不安,都将变得异彩纷呈!

输给一只袜子

接手这个班时,老刘神采飞扬地说,恭喜你啦,这个班的每个学生都很优秀,他们不会令你失望的。

刚被招聘为一名教师,我想可以满怀抱负地迈开人生的第一步了,但是考验却接踵而至。

在我任教的第二天,这个黑瘦的男孩从异校转来,望着黑漆漆的一片人影,我只好暂时把他安置到教室最后的一个角落里。第一次正面交锋是在我点名时,规则原本很简单,点到的人起立喊"到"以后方可坐下。但是,点到他的名字时,他低着头耸在那里。

我提高嗓门重复了一遍,他才慢腾腾地站了起来,但是目光滞向窗外,嘴角一动不动。在工作的起跑线上我就黯然地碰了钉子,这难免激发出掩在我心底的怒火。我没有多问他什么就指着门口呵斥他出去。同学们有的埋下头,有的将惊悚的目光掷向我,我深深地感到一种被仇视的不快。

其实,我一直在否认新官上任三把火的愚昧传统,但是当轮到自己身上才发现,有些火不可不放,这不仅意味着给自己以后的工作带来方便,也能震慑一些反叛势力的嚣张气焰。

但是,这个想法又错了。事实证明,我的杀威棒没有起到丝毫的效果,他完全不买账。在我兴高采烈地讲课时,他老是坐在下面发呆,而且对于我的提问一言不发。

终于,在忍无可忍的情况下,我将他传唤到了办公室,他怯生生地立在那里,两条瘦弱的腿在不停地打战。在我软硬兼施却又无济于事之后,我咬牙切齿地朝他大骂:"你是不是一个哑巴?"

他忽然抬起头来看着我,在他闪着泪花的眸子里,我看到了一种一辈子都无法理解的神色,似乎仇恨却又那么平静,似乎在诅咒却又那么安详。那一刻,我终于无语,挥挥手示意他回去。

过了一段时间,在和几个任课老师简短的交流后,我确定了他并没有语言障碍,而且在语文方面表现很出色,除了会写诗作文外,还写得一手漂亮的书法。但是,我始终无法理解他对待我的眼神。

后来一见面他就躲着我,这种做法像极了老鼠躲猫,而我自然成了一只"十恶不赦"的大恶猫了。我不理解这种逃避意味着什么,但是每当他成功地经历一次前线大逃离后,我都会将积怨在心底加深。

令我无可挑剔的是,这个孩子总是很勤快,在别人浑噩熟睡的时候,他就踏着晨曦来班里背书,在其他孩子下课一哄而散后,他却能主动地给班里打扫卫生,这样的举动被我在暗中窥查了好多次后,我开始逐渐改变对他的看法。

但是,好景不长。在初秋改了作息时间后,他有些一反常态,而且老是在下午迟到。一开始,我只是随便地批评警告他几句,但是他丝毫不领情,尽管比平时可以早到五六分钟,但也总是在响了预备铃后才能看到他气喘吁吁的影子。

一个中午,我终于鼓足勇气去跟踪查访这个学生。他放学径直回家,路很远，我快要走蔫的脚可以作证。拐弯抹角地走过五六个深巷后，他闪身进了一间低矮的土屋里。为了不惊扰他，我特意找了几个邻居垂询。

结果令自己大吃一惊。四年前孩子的父母离异，孩子跟了父亲。为了老人生活和孩子上学，孩子父亲一个人踏上了外地打工的旅程。家里只剩下一老一小，生活颇为拮据。更不幸的是老人下肢瘫痪，照顾老人的重负就压在了孩子一个人的肩上。

他除了每天要努力学习外，还要抽出很多时间来照顾奶奶。给奶奶做饭、洗衣服，还要帮奶奶洗澡、刷牙。老人的右脚腐烂得厉害，每天要清洗三次，他要把换下的纱布消毒、浣洗，还要把一只特制的袜子加温到五十度左右，以减缓奶奶的脚被腐蚀。

我步履沉重地推开孩子家的大门，映入眼帘的是满院子晾晒的衣物，那只乳白色的袜子在迎风招展。微风中，我嗅到一阵从未体验过的芬芳，那里夹杂着一个孩子的辛酸和多少泪水。我终究没有勇气打搅孩子，就轻轻地关上门退出来了。

后来，我以孩子父亲的名义寄了一笔钱到老人的家里。自那以后，我再也没有抱怨角落里一个孩子"歧视"我的目光，但我还是一味地去责备他、督促他，因为这是让一个伟大灵魂熠熠生辉的最佳动力。

孩子又迟到了，望着他黝黑泛黄的脸庞，我心一横示意他站在后面。阳光下，孩子瘦弱的影子是那么的高大。我有些难受地躲出门外。望着迎风飘扬的五星红旗，我知道我真的输了，输给了微风中一只承载着无限风光的袜子。

天使在隔壁

那场车祸如同罪恶冲垮了地狱之门。从此外界的一切都像洪水猛兽般冲撞着他的灵魂。

在撕心裂肺的苦痛中，他仿佛看到魔鬼一步步走来，面目狰狞地对着他狞笑。终于，他的意志完全崩溃了，他试图开足马力向墙上撞去，但是轮椅的速度始终是那么微不足道，他试图割腕，但母亲把一切利器都藏了起来，他试图咬舌自尽，但是那场该死的车祸夺去了他满口骄人的牙齿……从那一刻起，母亲再也不敢离开他身边半步了，生怕他悬在火海边上的生命骤然陨落。

于是，母子俩整天以泪洗面，哭过了一个春天，一个秋天。

忽然有一天，他在朦胧中听到一声几乎不属于这个世界的声音，那是小提琴发出的。出事前，他曾一度痴迷于音乐，可是因为自己的嗓子，他被各所美声学院拒之门外。但是，那段时期，他恋爱了，该感谢上帝的是，让他遇到了这个世界上最善良美丽的女子，她擅长各类乐器而且有着百灵鸟一样的嗓子。她在不断地鼓励支持他，让他感觉这个世界充满和谐。可最后,她不辞而别了,没有来过一封信或者一个电话。

那段时间,他每天思念她,并夜以继日地锻炼嗓音,希望在未来的乐坛再遇上她。

但是,车祸结束了这一切,他不再对任何前景抱有幻想。

现在,他突然紧张起来,那小提琴的声音是多么纯熟,琴音时缓时急,仿佛在倾诉着他坎坷的命运,虽然他说不出这支曲子的名字,但他已经和曲子产生了共鸣。

母亲看到他情绪有些变化,急忙跑过来问他,发生了什么事。现在他终于不再暴躁了,他说:"妈,您听,这是小提琴的声音。"

母亲轻轻地抚摸了一下他的头:"孩子,昨天咱们隔壁新搬来一户人家。好像有个姑娘,听说她双目失明,但是热爱音乐,她的父母也整天陪着她。"

他忽然紧握着母亲的手:"妈,我的小提琴呢？"

母亲慈祥地把他封藏了很久的小提琴取出来,儿子哭丧了很久的脸终于散开了阴云。

这一天,他坐在轮椅上,将心爱的小提琴擦拭了一遍又一遍。他的脑海里出现了一幅生动的图景:一个穿着白纱裙的姑娘,在微风中拉着小提琴,她的声音是那么美,额前的一缕细发飘下脸庞,遮住了她泪光点点的眸子⋯⋯

他想给她悠扬的琴声伴奏,但生怕搅浑了女孩子的琴音,她的琴声那么完美,简直美若天籁。

第二天,音乐依旧响起。但这次是钢琴曲,以前他生命中的那个女孩也为他弹过《月光曲》,他们的声音几乎貌合神似,母亲看着他激动的样子就过来安慰他:"孩子,要不我们去对面看看她？"

孩子又一次紧张起来,他不希望打搅那个盲女孩,何况自己也是残疾人,在她面前,或许自己会产生自卑。有时候,距离产生美。

他静静地听着隔壁的琴音，闭上眼一轮皎洁的月亮挂在天上，下面是一望无垠的稻田，蟋蟀停止了弹琴，一缕缕稻花香弥漫成一朵淡粉色的云朵，轻柔地飘到天空中。走上一座小桥，莲叶底偶尔发出一两声青蛙的鼾声。农家的灯盏刚刚熄灭，牛犊含着母乳进入了梦乡，一只骄傲的蚊子飞来飞去，在挑逗着空中结网的蜘蛛……

第二天，第三天……一个月，两个月……他逐渐开朗了起来。每天在隔壁的琴声响起后，他就拉起了自己的小提琴。这两种旋律交织在一起，仿佛凝聚成一支命运的交响曲。看着他，母亲终于泪流满面了。

一个冬天过后，他的小提琴技艺更加纯熟了。第二年的春天，他在一张报纸上看到一则关于小提琴演奏比赛的信息，于是就满怀信心地告诉母亲，他要去参赛。

征得母亲的同意后，他又苦练了一个月。在出发的前一天，他决定鼓足勇气向隔壁的姑娘道谢并且道别。但就在他费力地推开邻居门的刹那，眼前的一幕让他惊呆了，他看到母亲正在调弄着录音机，而旁边放着一大沓的录音带子。

突然，他像受了委屈的孩子，一头扎进母亲的怀里。那一次，他哭了很久、很久。第二天，他正式登台了，在观众的掌声和泪水中，他深情地吟唱着：天使在隔壁，呵护我心灵，守望泪光里，最美的母亲……

听说你乘着一朵哭泣的云

那个女人再敲门的时候，天已经完全黑了。

我因弄丢了正要出席公司招办的外商接待会的工作证而翻箱倒柜地找了半天，结果仍是一无所获。正在焦急之余，一开门发现了一个完全陌生的面孔：她破烂不堪的装束和满脸分不清眉眼的泥垢，让我潜意识里产生了抵触的情绪。

结果，她一开口说话就完全证实了我的想法——她是一个乞丐。之后，她用怯生生的语气向我恳求："好心的先生帮帮忙吧，我家里还有一群可怜的孩子等着吃饭，您只要施舍我一元就好了，不，五角也行。"

我很无奈地摆摆手，一是自己根本没有被她说动，二是现在正好没有零钱："你走吧，我没有零钱，而且现在正忙，或者你改天再来！"

她显然很沮丧，迟疑了一会儿没有说什么就转身离开了。从她瘦弱的背影里，我看到了苍老的夕阳、枯黄的秋草和冻结了秋霜的枯木。

傍晚，我没有在家里吃饭，被朋友们叫出去喝酒了。因为说到工作上的事情，所以一时尽了兴。回来的时候，感觉到了有几分醉意和疲劳，所以就一头栽倒在床上打起了呼噜。

没过一会儿，妻子神秘兮兮地来到我跟前，使劲地把我从酣睡中摇

醒，她有些害怕地告诉我："老公，这么晚了，怎么会有人敲门，或者是别的东西。"我执意是妻子听错了，就翻了个身又睡了过去。但没出几秒，响声越来越大，我猛地睁开眼，看到妻子有些紧张的神情就决定起来去开门。

然而，门缝还没足以射出屋子里的灯光，就听到一个苍老而无力的声音在乞求，我忽然想起了下午来敲门的就是她。只是，不同之处在于现在她的语调里已带着哭腔了，她有气无力地说道："好心的先生，求求你了，这是一天下来唯一的希望了，我的孩子们真的很可怜，他们已经三天没有得到食物了。"

看着小心翼翼地躲在我身后的妻子，我坦然一笑："没事儿，一乞婆，你回去休息吧，我打发她走。"于是，我仍旧利用下午的那一通话，再经过艺术加工，终于把她拒之门外了。

之后，我熄了灯，一头滚进被窝里。直到第二天太阳老高的时候，我才惬意地从被窝里爬起来。但一想到还有要事在身，就急忙开始了洗漱、整理。这时候，妻子来到卫生间，笑眯眯地从身后把一个红色的小牌子戴到了我的脖子上。我一惊，发现眼前的镜子里反射的正是我工作证的影子。我激动地吻了妻子，并问她是从哪里找到的。

结果，妻子把事情的原委告诉了我。昨天晚上我睡着以后，那个女人又来敲门了，她说刚刚在清理垃圾桶的时候捡到了这个。看看上面的头像像我，就返身送了上来。于是，我急忙问妻子，她有没有再说什么。妻子告诉我，她直接走了，原来还是个跛脚，走路一瘸一拐的。

"那么，你没有给她些钱？"

"没有！"妻子看到我异常激动的情绪就关切地问道，"怎么了"？

"她是我的救命恩人啊，这正是今天我要出席会议的工作证，如果没有它，我是不能够入场的，真该好好地感谢她呀！"

那一刻，我和妻子面面相觑，却又不知道如何是好。

自那件事以后，我的内心总是沉郁得很，不知道为什么总感觉自己缺少了很多东西。一天,在午饭后,我随手从桌子上拿起了一张报纸。无意间,她的图片闯入了我的视线,以下的一则消息令我大为震惊——她是一个寡妇,独自一人收留了十二个孤儿。她每天靠着为别人擦皮鞋、洗衣服,甚至乞讨来负担他们的食物和上学的费用,这样的生活一直持续了九年……

我急忙打电话向老总请了三天的假,决定按照报纸上的地址去亲自拜访她和她的孩子们,并为她们送去一些补助。但是,当一个空荡荡的破瓦房出现眼前时,我没有发现一人的影子。后来,从邻居那里打听到,她一个人带着那些孩子搬到别处去了。去哪并没有说,只听大家都说:她的善良会给她和那些可怜的孩子带去好运的。

我转身朝她离开的方向望去,发现她正乘着一朵哭泣的云。从她远去的背影里,我看到,鲜艳的朝阳,碧绿的青草和满园的春树……那一刻,我的眼里终于泛出了一辈子不曾拥有过的东西。

听星星说话

十七岁以前,总感觉这个世界的步履太过蹒跚。

有时候星星满天,却看不出什么形状来,久而久之,不再对天空向往。入学后，夜显得更受青睐，被时光折磨了一天的身心已然接近半昏迷，眼睛闭合之间，星光早已茫远。

忆起儿时，黑夜总是令人恐怖的，仿佛时间和空间受了禁制，没有外物能突破的一种猖獗感。而很多大人嘴里的魑魅魍魉却大多出现在黑夜，大人们为了哄孩童入睡，编出的故事有血有肉，活脱脱在孩子们的记忆里留下阴影。

夜，就成为被疏远的孩子，眼里闪着泪花，孤寂却无从说起，被离弃的感觉让它变得更加沉默不语。

我也有过这样的疑问：星星是否是黑夜的眼泪呢？

或许很多无声的东西，都会有自己的感情，这黑夜也不例外。

那时却又很难给孤独下个定义，后来索性把星空寂寥的夜归为孤独的一章，把它埋藏在生活的最低端，自己宁愿在烈阳下奔跑，也不愿在黑夜里挣扎。青春侵袭时，有过这么一段经历，独自背上小包带着满身稚气想去另一个城市闯荡漂泊，未来，无论如何描绘，呈现在脑海里的都是一张白纸，自己概不知道老式的站牌将把自己指向何方，滚动的车轮也闷声闷气，所有的距离就这样忽近忽远，搞得心中的指南针迷乱了方向。

然而那辆执着的列车也徐徐入夜，自己的心情突然乱成了一团糟。慌乱、恐惧、无奈、迷茫，忽然那么的想家，忽然那么的想逃脱黑夜。

拐出小巷是老王的酱油铺，昔日忙于生活的妇女总会把那里围成一方闹市，然而现在，老王不知身在何方，酱油铺也木愣愣地钉了木板，从此封锁了里面的一切的杂香。犹自记得那时，夜色作梗，老王店铺外的灯光友善地通往远方，自己循着灯光奔跑，逐渐摆脱了层层包裹的夜色，摆脱了夜空中鬼魅般闪眨着的眼睛。

有些记忆，无论岁月怎么的风化过往，都蒸不干其中的湿意，也许是黑夜保留了儿时的水分，让记忆在此岸的星空下渐渐融化。

现在的日子，很多都是跑在针尖上的，害怕惹祸上身，害怕被世俗蒙蔽,所有一切又匆匆了起来。

白日里,城市的交通瘫痪,空气崩溃,形形色色的流行疾病马不停蹄地入侵。能静下心来喘息的机会很少。

就这样想到了夜。

仿佛三生的茫远一下子被拉到了眼前,生疏变得亲切起来。

心情躁动地独自在夜空下呼吸晚风,暂时抛开一切踌躇和烦恼,原来夜景这么美好,星光这么甜蜜。

学习工作汲取了自身大量的养料,然而只有这样静美的夜空能弥补得了。站在桥头遥望滚动的霓虹,周身的燥热渐渐退去,微风习习,清爽的感觉从大脑传到各处神经。不去感伤今日的忙碌,也不担心明天的风雨,总之今夜只听星语。

星星,星星真的会说话,不信? 你听……

土墙

一向风调雨顺的郑家村却迎来了千年一遇的大旱灾。村子里人心惶惶。大家聚在一起商讨办法,想来想去,还是决定由村长委派一人外出求神问道。

结果是不用想的,接二连三的家畜病倒在弥天大旱里。田里庄稼颗粒无收,人们坐在地头望着龟裂的地皮只能抱头大哭。于是一些地主乡绅开始卷起铺盖走人。另外一些穷苦人舍不得那处久居的院落,只能待在村子里听天由命。

这天终于有一个自称是"赛济公"的人踩上村子。人们当然是不肯放弃这哪怕是一丁点儿希望的。但是当人们目睹了这位"神仙"后,却几乎全部都望洋兴叹了。他的相貌那像是一个得道高人呀,看上去只有二十多岁的他简直是个文绉绉的白面书生。

村长无奈地摇摇头:"年轻人,我们已经没有东西可以给你了,趁你还有能力离开这里,就在没有弹尽粮绝的时候赶紧走吧!"

年轻人好奇地笑了笑:"我有法子让村子恢复生机!"

人们听了哈哈大笑,或许他们感谢老天爷在村子快要毁灭前还让这么个幽默的年轻人为他们带来一则天方夜谭。

年轻人一本正经地道:"你们的村口不是有面土墙吗?"

"土墙,是有这么回事!"

"难道这天旱与土墙有瓜葛?"

"什么呀,那是小孩子们胡乱撒尿的地方!"

"又开玩笑,难道因为那个土墙而会大旱三年?"

…………

人们议论纷纷,最终还是将怀疑的目光投向身边这个貌不惊人的年轻人身上。年轻人很有把握地说:"是的,要解决干旱,那面土墙至关重要,那么大家谁能给我提供一些关于它的具体情况?"

村民你看看我,我看看你,最终终于有一位老者主动站出来说:"我们郑家村这面土墙已经很有年代了,从我的爷爷开始,它就一直存在。但是它只有孤零零的一面,四周并无其他障碍物。由于它并没有影响到大家的出行和耕作，所以也没有人刻意去推到它或者损害它。不过想想，它真的年代久远了。"

"可是，它只是一面土墙啊，平日里孩子们也在那里玩躲猫猫，并没有人出过事情。有时候放羊的累了，靠着它倒倒鞋子里的泥巴！"有人主动补充道。

"那么这里是否来过什么贵客？"年轻人温和地说。

"贵客，嘿嘿，这年头哪有贵客来我们这样的穷地方啊，不过乞丐、流浪汉倒是经常跌撞着来！"一个妇人颇是反感地说，周围的众人"哄"的一声笑成一片。

"对、对，比如说半年前吧，一个外乡的瞎子跌撞了来，有好心的居民施舍了他半碗粥，还别说，他还真赖着不走了。想想那时候，他也是靠着这面土墙口吐白沫啊！"一个吸着水烟的老汉，兴致勃勃地说道，众人想起那件事都忍不住想笑。

年轻人意味深长地点点头："我找到村子大旱的罪魁祸首了，它就躲藏在那面土墙里，你们大伙相信我说的话吗？"

众人茫然地摇摇头，有的人甚至说年轻人是吃饱了撑着，没事儿找事儿。当然也有比较感兴趣的人：你说让我们推倒它？年轻人微笑着摇摇头，随即提高嗓门喊道："如今的情况大家有目共睹，无论大家信与不信，最惨的结局也就是饿死罢了，反正是一死，大伙不如就听听我的意见如何？"

人们听着这话在理，有人首先发问，你说怎么办吧，我们听你的！年轻人找了一个高高的土台站上去，乡亲们好奇地围了上来。

"在傍晚太阳落山前，大家一起到村口的那面土墙下集合。无论男女老少，大家都要去，但有一点大家必须记住：大伙必须把家里剩下的东西，包括衣物、食品和贵重的金银首饰都带去！"

此话一出，众人一片哗然。"这不是刨我们的命根吗？""是呀，年轻人怎么也这么迷信！"有人甚至说："我看他纯属欺骗大伙。""玩什么把戏呀！"……

"我话已至此，信与不信全赖大家了！"年轻人掸掸袖子准备离开。

"好，小伙子，我们依约行事！"老村长坚定地说。

…………

傍晚时分大家扶老携幼来到了土墙边。村长和年轻人已经在那里准备长席了。大伙被编织成四队，男子一行，妇女一行，老人一队，孩子一队。大家秩序井然地将手中的食品、衣物、金银首饰放在长席上。这个环节过后，年轻人开始了解村民的状况。

两小时过去了，令大伙不解的是他们各自手中都捧上了自己最需要的东西。老人们有面包和棉被，孩子们有土豆和玉米，妇女们有大米和面粉。而轮到男子的时候，大家惊呆了，在他们手中的几乎全都是金银首饰。人们不解地望着年轻人，年轻人却淡淡地一笑："土墙爷说了，领上衣物、食品的人可以回去了，领上金银首饰的人现在跟我走。"

第二天凌晨时分，一支外地的自来水铺设工程队将机器开进了村庄。在人们还迷迷糊糊地沉睡时，全村的男子已经开始铺道下管了。几日后，一个干涸的村庄，奇迹般地恢复了往日的生机。

蜗牛其实喜欢蒙牛的味道

"蜗牛,快拿钳子来!"

我一跌一拐地冲了过来,嘴里还拉着一个长长的"哦"字。

"你就不能稳重点儿吗?这么大的人啦,还像小孩子一样摔屁股!"她习惯性地张口批评我,然后看着我乖乖的又略带几分尴尬的囧相就扑哧一声笑了。

渐渐地我喜欢上了她批评我的样子,尤其是那饶有魅力的一笑。

她是个内向的女孩,刚调入这家工厂时,我们同时负责给牛奶装箱的工作。初来乍到,她面红耳赤。刚开始我一直以为她是天生的酒鬼肤色,但是当我们相处惯了以后,我渐渐地发现,她脸上的红晕完全是外界环境混合着她内心的情感表现出的一种羞赧态势。

刚来了半个月,我们忙得不可开交,因此往往是一低头就能碰到鼻子。有时候,她似乎发现我在偷窥她,就索性转过身去干活。我发现了自己的失态,于是就低着头,没心没肺地装起箱子来。

直到相处了一个月之久,我才知道她有一个淑如其人的芳名——戴茸。刚开始,她不喜欢笑,不喜欢说话。不,应该说除了喜欢低着头装箱子外,她别无二心。

工厂的老板很器重她,因此她的奖金是最高的。厂子里的其他长舌妇女时不时地背地里议论着一些八竿子打不着的谬事,诸如她和厂长不清不白之类的话。她不经意听见了也装着没有听见。当然,我是对这些污言秽语不屑一顾的人,她的一举一动、一言一行都正大光明地展现出她高尚的人格和纯洁的本性。

有一次,我无意间看到她在角落里偷偷地抹着眼泪。我本想安慰她,但是她很快意识到了我的存在,立马擦了擦脸颊。她是一个刚强的人,我知道她有如此的举动,实属承担了太多的悲哀。

渐渐地我开始兴奋起来。因为在我们同入厂子的第三十三天,她开始对我说话了。她的语调很温柔,微笑时嘴角弯起一轮润泽的月牙。"帮忙递一下胶纸! "我如释重负般地朝着她一笑"没问题",这是我们第一次的交谈和合作,短暂而默契。

之后,我初步了解了她的情况。洛阳人,未婚,家中还有一个念书的兄弟。家境不是甚好,父亲多年卧病在床,母亲一手操持家务。我无意间问她为什么没有读书,她沉默了一会儿。然后强颜欢笑着对我说,唉,基础差,不是那念书的料。从她失神的目光里,我分明感觉到她内心隐藏着难言的苦衷。我殷切地赔笑道:"原来是同路。"她看着我笑,很清淡。

在饮食方面,她吃得很朴素,而且时常是大米、馒头。为了找个冠冕堂皇的理由能多和她待一秒,我强忍着食之不得下咽的怨苦和她挤在一起吃饭。她很开朗,吃饭也不拘一格,仿佛坐在身旁的我只是一缕没有呼吸的空气。我自作聪明地偷偷往她碗里夹个鸡腿之类的东西,但是没几秒之后,那个鸡腿又变戏法似的躺在我的碗沿,当然这时还带着附属品就是她那句温柔的:谢谢!

第二年的时候,她莫名其妙地请了一段时间的假。那几天,我无法形容自己受煎熬的心情。想打个电话,又怕她有事不便接,发个短信吧,又怕那短短的几个字背叛了我一直伪装着的坦然。终于在一个阴雨连绵的下午，我在梦中听见了她的声音。一睁眼，她已经打开行李晾晒了。她朝着我一笑，"这些天还好吧，给你打电话还关机！"我猛地一惊，这是一种该怎样形容的惊慌呢，自她走后，我的手机就一直开着，直到前天晚上，它叫得厉害，我才一狠心按下了关机键。"你是前天晚上打的？""是啊！怎么了？"啊，老天爷呀，为什么你让我错过这段长久的等待啊，我苦笑着摇摇头。

第二天上班的时候，我猛地发现她的电话多了起来，她接的时候也躲得我远远的，生怕我会知道什么。她回来的时候笑得很欢乐："蜗牛，喝个牛奶吧，蒙牛香醇！"

我极不自然地摇摇头："我喜欢伊利冰融！"

她开始有些失望，我知道那失望完全是我一反常态的表现给她带去的。她笑笑："那随你的便吧！"我分明感到她此时的笑容是三心二意的，也全然没有先前的迷人。

紧接着，她工作也开始变得漫不经心起来，时常因为一个来不及接的电话而走神三五分钟。于是那时候，第一直觉告诉我：她恋爱了！

总结出这个无懈可击的结论后，我开始嘲笑自己，原来那么多的逢场作戏自己始终是自导自演，自作多情。看着她脖子上那根复古式的金项链，我知道自己和这些闷头闷脑的包装箱打交道的日子到了终结的时候了。

终于在一个风平浪静的日子，我关掉了手机，一憋气远离了那个曾栽培过我无数幻想与梦境，最后又生硬地打碎这一切的野生基地。在一个附中里，我找到了更适合自己的位置。后来同事老杨在运货时碰到我："走了也不吱声，电话也停机，我们大伙还以为你被绑架了呢。更可怜的是那个对你钟情的姑娘，厂长发布了你擅自离岗而被开除的事情后，她竟抱着头猛哭了三天，最后还晕倒在车间呢！"

"对我钟情的姑娘？"

"是啊,就是戴茸啊,也可怜那姑娘上次请假回去打发她母亲,不甚动了腰骨,后来干活常常疼得厉害。"老杨同情地说,"为了安慰她久病在床的父亲,她除了给家里雇去保姆外,还要每天打电话和她父亲谈天。这姑娘真是孝顺啊!"

"打发她母亲?"

"是的,她母亲不幸出车祸离开了,临走时只给她留下一条当年她爷爷传到她母亲手中的金项链。这姑娘承担了这么多,实在是不容易呀!"

不知不觉我的眼泪又背叛了我,我不顾身边同事诧异的目光拨打了那个曾经改变了我很多的电话号码,"对不起,您拨打的电话已停机!"我红着眼睛看看老杨,他叹息着:"在你离开的第三十三天,她也辞了工作离开了。"

顷刻我朝着漫天的阴云喊:"蜗牛其实喜欢蒙牛的味道啊!"

我是你眼里流不尽的泪

三个月,丫丫哭得没日没夜。她捏着自己干瘪的乳房,无奈地叹气。墙纸上的两个宝宝白白胖胖的,而她怀里的丫丫瘦得皮包骨头。丫丫对奶粉不感冒,她心里的弦,就被丫丫的每一声哭叫牵扯着。

她想起了自己妊娠那会儿,肚子不怎么大,却是足足产了两小时。产婆很认真地告诉她,要不放弃孩子,难产会给她带来生命危险的。她牙齿咬破的嘴唇上,血珠在一颗一颗地下沁。但是她拼命地摇头,要求产婆一定要保住孩子,不管付出怎样的代价。

产婆语重心长,孩子以后会有的,可是万一你有了危险,以后一切都完了。她不管,眼里只是泪,只是信念。

三岁,丫丫患上了扁桃体炎,遇上感冒就会不分昼夜地发高烧。一个瘦弱的身子蜷成一团,她紧紧地把她抱在怀里,一刻不停地打电话乞求援助。凌晨两点,大小医院门窗紧闭。她发疯一般地跪在医院的大门口大声叫嚷。值班的门卫同情她,冒着被惩罚的危险帮助了她。急诊室里,她心急如焚,整整念叨了九九八十一次菩萨保佑。

医生放下听诊器,满脸沉郁地告诉她,你怎么不早来,现在已经不能再耽搁了,再不做手术,会有生命危险。她双腿一软,瘫在了冷清幽暗的过道里。医生转身的刹那,她又发疯一般地站起来死劲地摇晃着医生的双臂,医生、医生,无论如何,你一定要救救她,她是我的命啊!

医生扶起下跪的她,让她放心,她保证孩子会平安地完成手术。她听了,眼泪簌簌地流下来,溅起了满地的尘埃。

六岁,丫丫到了上学的年龄。她忙里忙外,花了很多钱把丫丫安置到一所知名的小学。她不放心从小身体羸弱的女儿,每天要按部就班地接送。门房的老大叔夸丫丫懂礼貌,她站在门口自豪微笑。但是丫丫的班主任王老师却说,丫丫这孩子有多动症,而且耳朵也不怎么灵敏。有时手脚迟钝,别人做完了作业,她还没有动笔。她听了心里一阵翻滚,但还是微笑着给丫丫买糖葫芦。在私下里,她偷偷地给丫丫的几个同学买了漂亮的发卡,要她们玩的时候带上她。

每次考试下来,丫丫卷子上总是大大的零蛋,她满怀诚意地上门拜访老师,让老师不要责罚孩子。老师不懂她的做法,但懂得她是一个母亲。回到家,丫丫满脸沮丧,把试卷一抛就看起了动画片。她默默地抚摸着试卷上牛头不对马嘴的答案,心里的风浪一浪高过一浪。休息前,丫丫过来坐在她的腿上,轻轻地告诉她,妈妈我不明白,我的成绩这么差,为什么老师总要夸奖我。她的眼里流淌着慈祥的目光。孩子,你一点也不差,相信自己! 丫丫在她的跟前睡熟了,她眼里的泪在女儿一起一伏的鼻鼾中荡漾开来。

十二岁,丫丫的生日。那天班里来了很多同学,在吹蜡烛许愿的时候,胖虎打岔,哎,丫丫,你的爸爸怎么没有来? 丫丫快乐的脸一下子变得阴沉下来,她把质问的目光投给妈妈,她的脸一下子红了起来,赶快上前打住孩子们的发问,说丫丫的爸爸在外地工作,有事回不来!

但是丫丫自出生以来也没见过自己的爸爸,以前妈妈常对她说爸爸是在很遥远的地方当干部,等丫丫长大了,就能见到他了! 可是班里有的孩子却说,丫丫是她妈妈捡回来的野孩子,丫丫没有爸爸。

这次说什么丫丫也要听到爸爸的声音,她要在电话里告诉他,她想他。她不由得变了脸色,她不想让孩子知道事情的真相,不想让她知道孩子的爸爸抛弃了她们。她还是一个孩子,受不了这样的打击。

丫丫固执地守在电话前,等待爸爸的电话。她看见了心疼就找了自己远方的一个表哥帮忙。那晚,丫丫听到一个成熟饱满的声音,是那么的温暖,那么的和谐,她抱着幸福在梦里欢笑了好久。

丫丫睡熟时,她把被子轻轻地合上,然后望望天边的牵牛星。长叹了一口气。梦里的丫丫不停地喊着爸爸,她守在床前,泪水借着月光倾泻。

十八岁,丫丫的成人礼。此时的丫丫已不是当年那个瘦弱的小女孩了,她长着大大的眼睛,修长的睫毛交织在齐额的发卷下,有种闭月羞花的感觉。而她为了让丫丫接受更高等的教育,四处奔波劳累,鬓前的华发怎么也无法掩盖眼角的皱纹了。

丫丫上了大学,学了画画。其间要背上大大的画板和画具到各地写生,她知道自己在外地总会失眠,便一步不离地跟着她,给她照顾饮食起居。但这样的做法让丫丫感觉在同学们面前抬不起头来,更何况她不像其他孩子的父母那样光鲜亮丽。

她明白了女儿的心思后,便答应女儿回去了。实际上,她仍在暗地里关注着丫丫的一言一行。女儿失手从山坡上滚落下来,扭了脚,瘀肿清晰可见,她为了不让女儿生气,只好托人买来药膏送去。女儿在电话里报喜,妈,今天发生了一点小意外,有个好心的人帮助我解决了,您老就不必牵挂,不必担心了。我在外面一切都好,就是有点儿想家。

她听了频频地点头,频频地说是,女儿话里的想家不管是真是假,总会惹来她满眶的眼泪。

二十六岁,丫丫出嫁,在辉煌的教堂里,一个风度翩翩的男子轻轻地在额头上吻了她。在婚礼的最后一项中,证婚人要他们各自对自己的父母说出内心最想说的话。丫丫轻轻地走到她的身旁深深地拥抱了她,然后对着现场的观众大声说道:"我是一个单亲家庭的孩子,但是母亲给了我全世界人都无法体会到的博爱,我会用生命去爱她。"

在雷鸣班的掌声里,她的泪水再也控制不住了。原来丫丫早知道了这一切,她在逆来顺受的岁月里,听到了这个世界最动听的天籁。

分手道别的那刻,丫丫双膝下跪。她把丫丫搂在怀里,满怀歉意地说:"孩子,妈妈对不起你,让你从小生活在委屈和苦难里。"丫丫微微一笑:"妈,您怎么能这么说呢,我是您的命啊,要是您对不起我,我能有这么好的命吗?"

是命,是命!

春的脚步渐渐远去,在微风路过一坡又一坡的嫩绿里,雨滴来了。远去的车轮在不断地把思念拉长,在一点一滴的潮湿里,丫丫听到,小雨对微风饱含深情地说:"我是你眼里流不尽的泪!"

阳光踮起脚尖，
向着月光倾泻

一、那个不明白害羞的男孩名字叫毛毛

四合院的砖瓦灰头土面，没有了那年温柔的月光。

十岁那年的春天，我随着爸妈搬进了四合院，写下搬迁日记的第二天毛毛就钻进了我的视线。他是一个有着两条长鼻涕的男孩，眼睛大得可以装下拳头，但是他的眼睛有毛病。

毛病就出在他看我时，眼睛十分钟不眨一下，直到我的感觉出现晕眩。

我哭得没心没肺，要求妈妈把他赶走。妈妈拿着大白兔奶糖递到他手里："小男孩，你叫什么名字呀，你不要看我们淑楠了好吗？她害羞。"

他一把抢过奶糖，然后双手背在身后，有些怀疑地望着妈妈："我叫毛毛，阿姨，什么是害羞呀？"

那时候我知道，这个不明白害羞的男孩名字叫毛毛。

第二天，他索性找了椅子坐在我家门前盯着我，希望得到更多的"大白兔"。他的名字叫得足够完美,而且一如其人。他看我时让我感觉全身发痒,好像无故生了一堆毛毛。本想破财消灾,忍着滴血的心让妈妈再抛给他一块奶糖,让他火速消失,没想到他摇着双手拒绝,这样的举动就宣告着我的计划破产。

他露出脏兮兮的笑容:"阿姨,淑楠怎么像漫画里的'长魔'呀?"

"长魔?"我瑟瑟发抖,第一次有人把花枝招展的我说成"魔",还要加一个"长"字,我的第一直觉就是他看到了我长长的马尾辫。

妈妈无故一笑:"是的,她是'长魔',还会咬人吃人呢!"

妈妈把我夸张得十恶不赦,但是他一个劲地摇头:"不,不是的阿姨,'长魔'姐姐很漂亮,她的身旁还有一只可爱的小白兔。"

我差点晕得掉进开水锅里,他可以毫不留情地把嫦娥说成"长魔",我的胆怯也被莫名其妙地挫骨扬灰,我气急败坏地把手里的一把糖果摔向他的脑门:"傻子,出去!"妈妈笑眯眯地望着我,可那笑容里不再散发着橘子的味道而是一阵阴森森的坏笑:"原来我们的淑楠也有这么大的脾气!"

可以肯定,我潜伏了十多年的脾气终于被一个"神经质挫伤"的男孩气得觉醒了。

我大吵大闹要求妈妈搬家,我不想再见到那个鼻涕虫毛毛。可是第三天,他就真的妥协了,没有再出现。我神采奕奕地把狗狗花米抱在怀里,准备去巷口熟悉一下环境。四合院易主的时候,已经有了过百年的历史,但是院子里的花香一如刚从阳光里浣洗过,清新得扑鼻。

二、淑楠、淑楠,你怎么可以输给一个男生

再次见到毛毛的时候,天正下着小雨。北京的三月仍旧春寒料峭。桃红阿姨带着一整篮的荔枝上门拜访。她左手的东西让我垂涎欲滴,可

是右手的东西就完全地堵死了我的消化系统。

毛毛傻笑着拉着桃红阿姨的右手,经阿姨的介绍我得知,他是桃红阿姨的宝贝疙瘩,而桃红阿姨正是忙里忙外给妈妈打理租房的死党。我没有吃里爬外的习惯,见到他就躲到了妈妈做饭的围裙下。

阿姨笑眯眯地把荔枝递到我的眼前:"小淑楠呀,这是你的毛毛哥哥,以后你们可以在一块玩了!"

"不要!"

我和那个怪里怪气的小男孩同时叫出声来,我的理由很简单,他的傻劲让我很生厌,他的理由也很简单,我是一个害羞的小女孩。

害羞怎么了,我愿意。

毛毛仍旧痴痴地朝着我坏笑,那笑里的傻气达到了百分之百的含金量。阿姨不理解我的心情,继续颁发着他那些丢人的历史。我在最后一秒里得知,那年他十二岁。

四合院的绿荫只撑得住一角。狗狗花米会在这一角的凉爽里打滚,最后弄得浑身是赃物。我生气地拍打着它的绒背,它就不服输地用小牙齿啃我的手指。那一次,也可能是它用力过猛了,我的手指被它含得生疼。在听到我惊天动地的一声大叫后,毛毛从十丈开外的门口冲刺过来,他不分青红皂白地直奔过来吓唬花米,结果花米一惊,夺门而去。我生怕会弄丢它,就急得哭了出来。

妈妈出来后,我委屈地指证是毛毛吓丢了花米,毛毛怯生生地呆在那里:"对不起,阿姨,我看到花米咬了淑楠的手指,我怕它伤害淑楠才吓唬它的。"

妈妈大方地一笑,然后拍拍我们两人的脑袋:"没事儿,你们玩吧,阿姨去找它回来。"

我"哼"的一声噘起嘴巴,他还是呆呆地站在那里:"对不起淑楠,我只是想保护你。"

"谁稀罕你的保护！"

那一次，我看到那个说要保护我的男孩其实长得很可爱，他有着成龙似的眼睛，周润发一样的鼻子，只是他笑坏坏的，有点儿像周星驰，不过还算有几分阳光的味道。

好像自从遇上了他，我就开始祸不单行了。

我刚刚把妈妈送给我的生日礼物芭比娃娃带出大门，没想到就被一群陌生的小孩盯上了，一个块头很大的男孩怪里怪气地大笑，嘿嘿，新来的吧，要知道想在我们这里混下去，就要先交保护费。不过看你个弱女子也不会有多少钞票，不如就把你手里的那个玩具留下吧。

我屡试不爽的伎俩在他们面前完全失效。那个胖子继续笑道："看，怎么样？是个哭死鬼吧，我们还没有动手就吓得她屁滚尿流了。"

宣告我获救的是另一个意想不到的结局。毛毛鼻青脸肿地来到我家："怎么样阿姨，淑楠没事吧！"

妈妈被眼前变了容貌的他吓出一身冷汗："毛毛，你这是怎么了，怎么搞得遍体鳞伤？"他没有搭理妈妈的话就直奔到我的跟前大嚷大叫："嘿，傻丫头，你怎么能输给他们一伙欺软怕硬的男生呢！以后记着，谁要欺负你，你就拿着这个朝着我们家门的方向大喊三声，我会出来帮助你的。"

说罢，他从身后拿出一个漏斗形的纸筒，说那是一个喇叭，可以喊得很响。我的眼里噙满泪花，点点头收下了。他走后我才明白，我好像真的输给了男生，但不是他们，而是他。

三、挠我脚心的男孩，你可不可以回来

四合院的烟花挂满枝头的时候，季节已经晃过了不计其数。感觉时光就缠绕在指缝间，但是嗅不到也看不着。月光泻进满院落雪的时候，我已经屁颠屁颠地跟过毛毛八个年头。我叫他毛毛哥，也叫他"胜男"，

di san ji
tian shi zai ge bi
第三辑 天使在隔壁
137

他叫我"长魔",也叫我"输男"。

别了滚动的车轮,熟悉的一切拼了命地后退。去了另一所高中,我的名字就由"秦输男"变回了"秦淑楠"。

北方的落雪,纷落了无数离人的眼眸。十六岁生日那天,他神秘兮兮地告诉我:"长魔,我很喜欢你耶!"

我对着他傻傻地笑,故意把他说的喜欢装作懵懂。其实那时,我正喜欢班上的一个男生。他有着彗星一样迷人的眼睛,月亮一样好看的面庞,笑时浓黑的剑眉与深深的酒窝搭配得相得益彰。

后来毛毛知道了,他郑重地告诉我:"淑楠,你记着,他要是敢伤害你,我会拼命的。"

不料,接下来那个男生真的捉弄了我的感情。我哭得死去活来,无力地对着镜子寻找自己脸上的欠缺。毛毛就站在身边:"没事的长魔,其实你笑起来更好看。"我笑不出来,他就脱掉了我的鞋子,使劲地挠我的脚心,搞得我哭笑不得。

第二天再去学校的时候,那个负心的男生就满脸大包了,我知道这是毛毛的杰作,他老远地就站在窗外向我吐着舌头,淅淅沥沥的雨把他装饰得更像一只水鸭子。

如今又是一场雨。

记忆像水面上的泡泡,此起彼伏。我生病的情况他比妈妈知道得还要早,他焦急地说:"淑楠呀,你要多穿些衣服,再过两个月就要下雪了。到时候你回来,我们再一起看烟花。"

但是这个讨厌的男孩就此食言了。

接到他住院的消息,我正面临着高考。冬天的脚步姗姗来迟。我和妈妈煲电话粥的时候,她有些惴惴不安,在最后一分钟里我知道,毛毛患了急性阑尾炎,要做手术。

再回到四合院时,他的家里已经空无一人了。满屋的尘屑像受了惊的分子狂飞乱舞。一个月前我还收到他的短信："嫦娥呀,你要好好的,我去了另一座城市,冬雪满院的时候,我会在烟花的笑容里望见你。"

他终于能把"长魔"写成"嫦娥"了,但是我的眼泪簌簌地往下落,挠我脚心的男孩呀,你可不可以回来,一个人看烟花真的很孤单。

收到他最后一封来信,我正扬起了人生的航帆。但一切记忆都像极了那年温和的阳光,轻轻地踮起脚尖,向着满世界的月光倾泻。

有朵云是阳光的眼泪

芸摔上门出去了,只留下屋子里令人窒息的空气陪着尴尬的他。

自从他生命中的那个女人头也不回地离开他时,这样尴尬不堪的局面他已经习以为常了。无奈,他只好摇摇头,点燃一支燃不尽的香烟,夹在食指与中指之间,等待光一点点地变暗,灰烬一点点地落散。

芸是我十六岁生日时,他送给我蛋糕上镌绘着的字样。我不懂,只管看着满脸沉郁的他使劲地摇头。他很平静,岁月的风波里层层浪涛的冲刷与打击已经剥夺了他应有青春的一面。"你应该知道我的用意! 她虽然走了,但她永远是你的母亲! "其实我明白,"芸"是他第一次给那个抛弃整个家庭、我曾一度喊她妈的女人写去的第一封表达爱慕之意信的称呼。之后,他们恋爱了,甚至有了我这个永远只懂用悲观看待感情纠纷的孩子。她走得很毅然,因为他的工作,因为他只是一个教师。

此后,"芸"这个字就成了他称呼我的方式了,尽管我是个男生,是个步入青春期快要成人的男生。但是这么婉约清秀的一个字终究还是归了我。自她走后,我和他的关系也淡了,甚至有时候感觉就像嚼一通白蜡,乏味又恶心。慢慢地,我开始怀念母亲了,我终究体验到了她的精神世界,因为面对一个不问尘世的工作狂,再有耐心的人也会被他逼疯的。

更凄惨的是,他是我上初中以来的第一任语文老师。这倒好了,在学习或是生活上,他再也没有拿我当过自己的亲生孩子,而只认为是自己的一个责任,一个必须修理的学生。在班上,他从来不允许我叫他爸,因为这样很特殊化,对其他学生是一种不公平的表现。听到这话,我顷刻无语。大概从那以后,我再也没有好声好气地叫过他一声爸,实在对到针尖上了,就淡淡地用一个"你"字带过。

母亲在时,他对家里的事不闻不问,宁愿多留在学校一分钟,多教班里的那个低智商学生两道成语填空。或许在那段记忆里,我连他什么时候回家,什么时候离家都不知道。因为往往是在我梦游天下的时候,他才蜷缩着身子躺在床上。

那一次的语文考试,他所带班级,也就是我们班以全年级倒数第二的成绩光荣挂花。奇怪的是,那晚他回家很早,一回来便一个人锁在书房里不出来了。后来,母亲得知他一个人锁在书房里闷哭。可别说,这样的举动真让我们大惊失色。无论家里出了什么大事,甚至是我和母亲生病高烧得厉害,都没见过他有如此激动。此后,他甚至写了自我检讨,在佛祖菩萨面前发誓,一定要把我们班带好。

类似这样"感动"的场面出现几波以后,母亲终于忍无可忍地负气回了外婆家。而那时,他也似乎颇有悔意,下决心一定要照顾好我,来弥补亏欠我们的一切。之后的几件事也证明了他的诚心,比如抽周末的一上午时间去商城陪我挑选衣服,或者是抽不加班的一天为我亲手做几道滋补的菜,甚至连十五年来从未有过的举动——为我买生日蛋糕过生日他都筹办出来了。但是,我终究是吃了秤砣铁了心,没有被他的"忏悔"所感动。

到了他和母亲的结婚纪念日,他特意订了高档的酒楼。或许是看在我的面子上,母亲才勉强答应过来一聚。但是,在我和母亲已经到酒楼时,仍旧不见他的影子。之后,母亲仔细地和我聊了起来,谈到他的地方就一笔带过,也就是直到那时,我们也不愿意多关注他些什么。只是没想到,这样一个本来带有浪漫和温馨的日子却又被他的谎言打碎了。自始至终他都没有出现,母亲的电话打到了自动关机,那头却满是空荡荡的又似乎带有讽刺意味的彩铃声音。我深深地记住了母亲离开酒楼时的那句话:我太自以为是了,竟然异想天开地相信了这样一段相约,今天就算是我们感情的终结日吧!那一刻,我茫然。

大约在晚上十点半,他打来电话叫我来趟县城的医院,他说自己忘了办公室里的空调没关又得回学校一趟。我正因为白天的事儿满腔愤怨,这下倒好,原来他一天下来竟真没有将约我和母亲的事放在心上。那一刻,我问也没问就冲向医院,只盼得快点见到他,用我最高最怨恨的声音震开他浑噩愚钝的世界。但是,在医院里我完全傻了,同班同学,还是我同桌的小丫满裹着绷带躺在病床上。她见到我,显然有些激动,看着她的样子,我顷刻将满腔的怒火抛到九霄云外。后来,我问她为什么会这样。她告诉我,中午放学时不小心出了车祸,都亏他的照顾,自己的父母不在身边,一天下来,他就像自己的亲生父母一样照顾着自己。说着说着,满眼的热泪便冲着她的脸颊滚落下来,她哽咽道:"我真羡慕你呀,有个世界上最好的爸爸,他就像阳光一样温暖,我想你一定很幸福吧!"

这时,从病房的玻璃窗上我望见他回来了,满身满头的雨水把他装饰得更加狼狈。不知道为什么,我的心头忽然一阵滚烫,强忍着眼眶里的泪水转过头来告诉身旁的小丫:"是的,我真的很幸福!"

从那以后,我再也没有责备过他,我明白自己不配更不应该。是的,正如另一个人所说的那样,他就像阳光一样温暖!也就是自那以后,我的心里真正地懂得了:他才是我、是母亲一生所拥有的骄傲。

看着他的背影,我潸然泪下。在那洋溢着幸福滋味的苦涩里,我深深地明白:有朵云是阳光的眼泪!

最后一朵玫瑰

五月,夏威夷海滨依旧人流涌动。从群岛附近海港笼罩而来的丝丝凉意不但没有阻退游人的脚步,反而更加挑逗了人们充足的欲望。游人往往是以情侣配对或家庭组合为主流的。他们除了要感受这美丽的海滨之景,享受这里宜人的气候,还要目睹一下这里奇特的火山地貌。因此,夏威夷作为"原始之家"当今所容纳和接待的游客已遍布全世界,每年将近有四千万游客纷至沓来!

夏威夷岛由众多小岛组成,它们环绕着夏威夷这颗明珠,形成众星拱月之势。其中,内克岛是它中部的一个半大岛屿,从这里观赏风景是最奇妙不过的了! 岛上靠北部有一个类似中国蒙古包一样很小的铁屋。它低矮朴素,因此算不上什么惹人注目的景观。游人对它的印象也是模糊的。

下午两时,这片海滩依旧喧闹不止。没有人顾得上注意这间小屋,也没有人发现这时它的门是开着的。

"这是最后一单,我决定罢手,中国警方已经开始注意我了。"显然这是一个中国妇女的声音。凭借那不缓不急的语调大抵可以判断她已近中年。

"不,他们是一群蠢猪,你们中国的海狗,不会有灵敏的味道!"这是一个外国男人的声音,虽然语调有些别扭,但是足以见他懂得中文,而且还有颇足的经验。

"是的,我们会负责你的,请相信我们!"这话出自另外一个外国人之口。

"哈哈,是吗? 但愿如此。"这个女人微微一笑,反手从另一只胳膊肘处取下一小袋白色东西抛给一个外国男人。

"我们已经超时了,这是我的新号,告诉他,这或许是我们最后的合作。在夏威夷的这段时日里,他有权保护我的安全!"说罢,那妇女提着一个棕色皮包走出铁屋子!

傍晚七时,中国台北总局接到内地公安厅副厅长的电话,内地公安部表明会委派两名骨干特警协助台北总局侦破案件,捉拿疑犯。

第二天将近正午时分,内地特警已经从台北总局正式接到任务。此次,他们以侦探的身份出动,任务是赶赴夏威夷。

在飞机上,作为此次任务领队的特警夏雨仿佛有着沉重的心事。当然有些事情她并没有告诉别人,另一名特警小王极力开导她,但她表现出的状态也极不像平时对待工作那样沉稳敏捷。相反,她开始叹气低语:

第三辑 Tian shi zai ge bi 天使在隔壁

143

“也不知道我该怎么办，我有种不祥的预感。”小王听了，虽然想去劝她，但是作为同事的共同心境使他明白，自己没必要那样做。

降落到夏威夷，已是第二天将近黄昏之时了。整个行程中夏雨都闷不言语，小王显然有些担心。“我没事的，现在我们要竭尽全力完成任务，这不仅是我们的使命，也关系到国家利益。”夏雨说完这番话，小王看到她能够自行解脱，本来浮起在心头的很多担心和惊慌也就随风而去了。他虽然不知道她在想什么，但是只要她快乐就好，这也是此次他申请参加行动的一个重要原因。当然，她也明白他的用心，只不过心里有些事，让自己十分纠结。

安排好行程之后，他们开始按图索骥。“我们这样的行动是否有些荒唐！疑犯接头的地点会时常变更的。”小王喃喃道。此时的他，正一副西装革履的打扮，而一旁的夏雨也打扮得光彩照人，美丽得使人想不到她竟是一名特警。

“没办法，我们要等待总部的指示，在此期间我们是有一定的自由的，别忘了我们的另一个重要身份。”夏雨满脸较真地说道。

“这海滨夜景果不奇妙，以后如果能生活在这里，我算是没有白在这世上走一遭了。”小王微微笑道。夏雨转过身来看看他，突然兜里的手机振动起来。“快，有情况，‘翰派宾馆’。”夏雨眉头一紧，拉了正双手叉在身后的小王一把，“我们得马上动身！”

海滨之夜灯火霓虹，繁华绮丽。这一带的餐饮、住宿、娱乐场所全都爆满。熙熙攘攘的人群中，小王和夏雨快速穿行着。“你对这里熟悉吗？”小王焦急地问道。“不知道，如今变化过快，我只记得两年前父亲陪同我来过一次，当时这里的景象却没有如此复杂！”夏雨试图高声地回答，但还是被一片嘈杂声淹没了。

“前面就是‘翰派宾馆’了，这里很大，因此我们搜索的难度也很大。总部指示切不可请求宾馆内部人员帮助，这样会打草惊蛇。我们的主要任务是揪出整个跨国贩毒的主谋。他们很可能是势力庞大的黑色组织，我们要时刻警惕，不到万不得已不可出手。"夏雨皱皱眉头，神情有些严肃，也有些紧张。"可是，这里几乎会集了世界各地的宾客，我们的目标特征又不明显，而且敌暗我明，形势对我们十分不利！"小王无奈地叹了口气。"没办法，这件事关系重大。我想总部不会单让我们两人出动的。目前我们只需做好分内的事就可以了！"说着，他们来到宾馆前，两位迎宾小姐文质彬彬地用英文向他们问好。他们点点头继续向里走去。

彩灯忽暗忽明，音乐之声噪耳，时不时地尖叫声包围着他们。"哇塞，想不到这地方的服务和设施一应俱全啊。国际夜总会，够火够火！"小王嚷嚷着，当他意识到夏雨正看着他，就闭上了嘴。几名洋妞一歪一扭地过来劝酒，被夏雨遣开了。他们找个短椅坐下，对面的几个外国男士不停地向他们抛来奇怪的眼神。夏雨吭了一声，示意小王不要东张西望，保持警惕！

"呀，小王，你也有空来旅游啊，这位是女朋友？"一个头顶光秃秃的，挺着大肚子的中年男人迎面走过来，笑眯眯地看着他们。

"哎呀，李老板，好久不见，您怎么会在这呀？我是出来办公的，这位是同事夏雨。"小王站起身来，一面和这位中年男士握手，一面为他介绍夏雨。夏雨微微一笑伸出手去："李老板也是出来观光？""不不不，我也算作这里的半个老板，今天有缘遇到二位，我一定要好好尽一番地主之谊啊。这样吧，你们多待几天，我陪你们在夏威夷好好玩玩，开开眼界！"李老板憨憨地笑着，露出了满脸的热情。"李老板的好意我们心领了，可是我们有公务在身，游乐之事只怕还得以后再承蒙您的照顾了！"小王抱抱手，表示感激。

"不过也是，公事要紧，哎，不知是什么重要的工作，我李某是否可以帮忙？"

"最近有件棘手的案子，罪犯牵涉甚广，我们被派遣缉拿内地一名要犯。刚收到指令,他在这里落脚,因此我们一刻也不敢耽误。"小王显得有些难为情。"噢,这样啊,你们说嫌犯在我这里,这找人的本事,我想我老李还是不差的,不过这里算上套房、客房等大大小小的房间也足有千数多间,要不我通知下服务点……""不,这样会打草惊蛇的。""哦,那你们有什么想法就说吧,能帮上忙的,我老李自当义不容辞!"

"李老板,谢谢您,我们只是想大体了解一下住户的登记情况,不知是否会给您带来不便,如果是这样,那还多有抱歉!"夏雨语气和缓地说。"哎,这好说,你们跟我来!"

在李老板的帮助下,他们很快在留宿客人中找到了要找的人,这是一个中国妇女的名字,虽然很普通,但还是不由得给夏雨带来一些触动。小王很认真地装扮成服务员,这样更方便接近那间客房。

夜里十一点,三层住宿部的一个客房突然传来一阵急促的敲门声。"女士,你的夜宵!"装扮成服务员的小王,一手端着餐盘,一手背在身后准备抽枪。夏雨站在门口的另一侧,躲过猫眼,正双手持枪以备冲入室内。几声过后,室内没有响动。"奇怪"夏雨用目光示意小王开锁。小王用刚借来的钥匙小心翼翼地往门锁里插。门"咯吱"一声开了,小王一个箭步冲入室内,但卧室、浴室,都空无一人。"不好,我们中计了,快走!"夏雨一惊,忙唤小王跑了出去。果然,不一会儿,那间客房发出了巨大的爆炸声。

"不好,我们被发现了,怎么办?"小王有些惊骇,"咦,这是什么味道?""跟我来!"夏雨揩了把额头的汗,然后迅速拉起小王向前面冲去。走到第五个房间的时候,他们停下。奇怪的是,那个房间并没有上锁。夏雨轻轻地推开了房门,小王警惕地保护着她。房间里很快散发出一阵玫瑰的味道,那香气时浓时淡。

"你很聪明,"一个女人的声音从赤粉色的帘子后面发出来,"看来我的确输了!"小王一惊,忙把手枪指向前方。夏雨显得有些沉默,但不一会儿,她淡淡地说了句:"为什么要害我们?"这时,那个女人已经走了出来。她蓬着头,乱糟糟的长发垂下脸部。她轻轻一笑:"世界上有很多事情是说不出为什么的,夏威夷的确是个美丽的地方,如果他当年不是因为我来这里的话,那么一切就不会成为悲剧!"小王听了有些恍惚,他看看夏雨,夏雨却转过身去冷冷地道:"李先生被你们收买了?""不,他只是被利用,傻傻地被利用,哈哈……"女人缓缓地答道,随即发出一阵刺耳的狂笑。"她疯了,我们快离开这里!"中年妇女被小王反押着走出宾馆。

…………

兴华街是一条热闹的街道,无论春秋冬夏都人流涌动。这条街的花店尤为出名,整条街几乎都被花香笼罩着。中午时分,一个熟悉的影子出现在花店里,他是一名文质彬彬的男士,当店伙计告诉他,最后一朵紫玫瑰上午被一个孩子买走后,他失望地叹了口气。他本来要给她一个惊喜的,明天是她的生日。

"肖局,犯人在提审时交出一个锦盒,是一个孩子送来的。但她要求我们别动,还要我们交给夏雨同志处理。我们估计这应该是分量不轻的冰毒,所以要征求一下您的建议。""好,马上召集大家去会议室,这件案子是该了结的时候了!"肖局长沉稳又坚定地说。

会议室里,众人议论纷纷。肖局长推门进来,大家齐声鼓掌。"好,大家既然都到齐了,那我们就进入正题。此次,破获缉毒案件小王、小夏功不可没……"局长说到这里,会议室立马爆发出强烈的掌声。"如今罪犯已经伏法,他们留下的东西很可能是最重要的证据,接下来就请小夏同志打开锦盒,这或许是我们正式的结案点。"

在一片掌声中,夏雨站起身来,向大家敬礼后戴上白手套准备打开盒子。盒子是推拉型的,开盖后,里面仍有一层淡紫色的包装纸,但上面还附着一张字条:

雨儿，明天就是你二十八岁的生日了。去年你过生日的时候，我们一家人还可以围坐在一起，记得你还夸你爸爸的厨艺好，做出来的长寿面又滑又爽口。而今年，我们再也无法为你讲述小时候的故事了。正如妈妈所说的，夏威夷的确是一个很好的地方，那里的风景真的很美很美。去年你爸爸带我去度假的时候，我还叹息你因为工作忙而无法一起出来。但是这很好，起码不会让你背负仇恨的枷锁。你爸爸在夏威夷被人蒙骗，那是一伙毒贩，他们要你爸爸合作，但是你爸爸因为没有答应而死于非命。妈妈为了报仇，只好顺从了他们。然而如今妈妈才意识到自己错了，感情这东西是很美好但又很容易破碎的，夏威夷很好，但它在妈妈的记忆里却永远只剩下灰白。能在那里见到你，我知道我们的女儿已经长大了，她是一名好警察，是国家的好公民，因此妈也死而无憾了。但你要相信，妈妈永远爱你，爱你爸爸，更爱我们的国家……这是你最爱的紫玫瑰，也是一生中妈妈送给你最后的礼物，祝你生日快乐……

夏雨轻轻地抽开包装纸，一直散发着淡淡清香的玫瑰出现在众人的视线里。她放下帽子，一滴眼泪顺着眼角滑落，掉在那朵正在阳光下开放的紫色玫瑰上……